红色经典
文艺作品
口袋书

叶圣陶

著

本书编委会 编选

上海文艺出版社

多收了三五斗

目录

★

夜

001

赤着的脚

029

冥世别

035

某城纪事

049

某镇纪事
089

多收了三五斗
115

我们的骄傲
139

皮包
153

邻舍吴老先生
177

辞职
186

春联儿
194

★

夜

———

　　一条不很整洁的里里,一幢一楼一底的屋内,桌上的煤油灯发出黄晕的光,照得所有的器物模糊,惨淡,好像反而加浓了阴暗。桌旁坐着个老妇人,手里抱着一个大约不过两周岁的孩子。那老妇人的状貌没有什么特点,额上虽然已画上好几条皱纹,还不见得怎么衰老。只是她的眼睛有点儿怪,深陷的眼眶里,红筋连连牵牵的,发亮;放大的瞳子注视着孩子的脸,定定的,凄然失神。她想孩子因为受着突然的打击,红润的颜色已转成苍白,肌肉也宽松不少了。

近来,那孩子特别爱哭,犹如半年前刚断奶的时候。仿佛给谁骤然打了一下,不知怎么一来就拉开喉咙直叫。叫开了头便难得停,好比大暑天的蝉。老妇人于是百般抚慰,把自己年轻时抚慰孩子的语句一一背了出来。可是不大见效，似乎孩子嫌那些语句太古旧又太拙劣了。直到他自己没了力，一面呜咽，一面让眼皮一会儿开一会儿闭而终于阖拢，才算收场。

今晚那老妇人却似乎感觉特别安慰；时候到了，孩子的哭还不见开场，假如就这样倦下来睡着，岂不是难得的安静的一晚。然而在另一方面，她又感觉特别不安；不知道快要回来的阿弟将怎么说，不知道几天来醒里梦里系念着的可怜的宝贝到底有没有着落。

晚上，在她，这几天真不好过。除了孩子的啼哭，黄晕的灯光里，她仿佛看见隐隐闪闪的好些形象。有时又仿佛看见鲜红的一摊,在这里或是那里——那是血!里外,汽车奔驰而过,笨重的运货车的铁轮有韵律地响着,她就仿佛看见一辆汽车载着被捆绑的两个,他们手足上是累赘而击触有声的镣铐。门首时时有轻重徐疾的脚步声经过,她总觉得害怕,以为或者就是来找她和孩子的。邻家的门环一声响,那更使她心头突地一跳。本来已届少眠年龄的她,这样提心吊胆地细尝恐怖的味道,就一刻也不得入梦。睡时,灯是不敢点的,她怕楼上的灯光招惹是非,也希冀眼前干净些,完全一片黑。然而没有用,隐隐闪闪的那些形象还是显现，鲜红的一摊还是落山的太阳一般似乎尽在那里扩大开来。于是，只得紧紧地抱住梦里时而呜咽的孩子……

这时候，她注视着孩子，在她衰弱而创伤的脑里，涌现着雾海似的迷茫的未来。往哪方走才是道路呢？她丝毫不能辨认。怕有些猛兽或者陷阱隐在雾海里吧？她想那是十分之九会有的。而伴同前去冒险的，只有这方才学话的孩子；简直等于自己孤零零一个。她不敢再想，无聊地问孩子："大男乖的，你姓什么？"

"张，"大男随口回答。孩子在尚未了解姓的意义的时候，自己的姓往往被教练成回头的熟语,同叫爹爹妈妈一样地习惯。

"不!不!"老妇人轻轻呵斥。她想他的新功课还没练熟,有点儿发愁,只得重行矫正他说,"不要瞎说,哪个姓张!我教你,大男姓孙。记着,孙,孙……"

"孙,"大男并不坚持,仰起脸来看老妇人的脸,就这样学着说,发音带十二分的稚气。

老妇人的眼睛重重地闭了两闭;她的泪泉差不多枯竭了,眼睛闭两闭就表示心头一阵酸,周身经验到哭泣时的一切感觉。"不错,姓孙,孙。再来问你,大男姓什么?"

"孙,"大男顽皮地学舌,同时伸手想去取老妇人头上那翡翠簪儿。

"乖的,大男乖的。"老妇人把大男紧紧抱住,脸贴着他的花洋布衫,"不管哪个问你,你说姓孙,你说姓孙……"声音渐渐凄咽了。

大男的胳臂给老妇人抱住,不能取那翡翠簪儿,"哇……"突然哭起来了。小身躯死命地挣扎,泪水淌得满脸。

老妇人知道每晚的常课又开头了,安然而过已成梦想,便故意做出柔和的声音呜他道:"大男乖的……不要哭呀……花团团来看大男了……坐着红轿子来了……坐着花马车来了……"

大男照例不理睬,喉咙却张得更大了,"哇……妈妈呀……妈妈呀……"

这样的哭最使老妇人又伤心又害怕。伤心的是一声就像一针,针针刺着自己的心。害怕的是单墙薄壁,左右邻舍留心一听就会起疑念。然而治他的哭却不容易;一句明知无效的"妈妈就会来的"战战兢兢地说了再说,只使他哭得更响些,而且张大了水汪汪的眼睛四望,看妈妈从哪里来。

老妇人于是站起来踱步,让大男躺在臂弯里;从她那动作的滞钝以及步履的沉重,又见得她确实有点衰老了。她来回地踱着,背诵那些又古旧又拙劣的抚慰孩子的语句。屋内的器物仿佛跟着哭声的震荡而晃动起来,灯焰似乎在化得大,化得大——啊,一摊血!她闭上疲劳的眼,不敢再看。耳际虽有孩子撕裂似的哭声,却如同在神怪的空山里一样,幽寂得使血都变冷。

嗒,嗒,外面有叩门声,同时,躺在跨街楼底下的那条癞黄狗汪汪地叫起来。她吓得一跳,但随即省悟这声音极熟,一定是阿弟回来了,便匆遽地走去开门。

门才开一道缝,外面的人便闪了进来;连忙,轻轻地,转身把门关上,好像提防别的什么东西也乘势掩了进来。

"怎么样?"老妇人悄然而焦急地问。她恨不得阿弟挖一颗心给她看,让她一下子知道他所知道的一切。

阿弟走进屋内,向四下看了一周,便一屁股坐下来,张开口腔喘气。是四十左右商人模样的人,眼睛颇细,四围刻着纤细的皱纹形成永久的笑意,鼻子也不大,额上渍着汗水发亮,但是他正感觉一阵阵寒冷呢。他见大男啼哭,想起袋子里的几个荸荠,便掏出来授给他,"你吃荸荠,不要哭吧。"

大男原也倦了,几个荸荠又多少有点儿引诱力,便伸出两只小手接了,一面抽咽一面咬荸荠。这才让老妇人仍得坐在桌旁。

"唉！总算看见了。"阿弟摸着额角，颓然，像完全消失了力气。

"看见了？"老妇人的眼睛张得可怕地大，心头是一种超乎悲痛的麻麻辣辣的况味。

"才看见了来。"

老妇人几乎要拉了阿弟便引她跑出去看，但恐怖心告诉她不应该这样卤莽，只得怅然地："喔！"

"阿姊，你说世界上没有一个好人，是不是？其实也不一定，像今天遇见的那个弟兄，他就是个好人。"他感服地竖起右手的大拇指。

"就是你去找他的那一个不是?"

"是呀。我找着了他,在一家小茶馆里。我好言好语同他说,有这样这样两个人,想来该有数。现在,人是完了,求他的恩典,大慈大悲,指点我去认一认他们的棺材。"他眉头一皱,原有的眼睛四围的皱纹见得更为显著,同时搔头咂嘴,表示进行得并不顺利,"他却不大理睬,说:'别麻烦吧,完了的人也多得很,男的,女的,穿长衫的,披短褂的,谁记得清这样两个、那样两个;况且棺材是不让去认的。'我既然找着了他,哪里肯放手。我又朝他说了,我说这两个人怎样可怜,是夫妻两个,女的有年老的娘,他们的孩子天天在外婆手里啼哭,叫着妈妈,妈妈……请他看老的小的面上发点儿慈悲心……唉!不用说吧,总之什么都说了,只少跪下来对他叩头。"

老妇人听着,凄然垂下眼光看手中的孩子;孩子蒙眬欲睡了,几个荸荠已落在她的袖弯里。

"这一番话却动了他的心,"阿弟带着矜夸的声调继续说;永久作笑意的脸上浮现真实的笑,但立刻就收敛了,"这叫人情人情,只要是人,跟他讲情,没有讲不通的。他不像开头那样讲官话了,想了想叹口气说:'人是有这样两个的。

谁不是爷娘的心肝骨肉!听你说得伤心,就给你指点了吧。不过好好儿夫妻两个,为什么不安分过日子,却去干那些勾当!'我说这可不大明白,我们生意人不懂他们念书人的心思,大概是——"

"嘘……"老妇人舒一口气,她感觉心胸被压得太紧结了。她同阿弟一样不懂女儿女婿的心思,但她清楚地知道,他们同脸生横肉声带杀气的那些囚徒绝不是一类人。不是一类人为什么得到同样的结果?这是她近来时刻想起,老想不通,以致非常苦闷的问题。可是没有人给她解答。

"他约我六点钟在某路转角等他。我

自然千恩万谢,哪里还敢怠慢,提早就到那里去等着。六点过他果真来了,换了平常人的衣服。他引着我向野外走,一路同我谈。啊——"

他停住了。他不敢回想;然而那些见闻偏同无赖汉一般撩拨着他,叫他不得不回想。他想如果照样说出来,太伤阿姊的心了,说不定她会昏厥不省人事。——两个人向野外走。没有路灯。天上也没有星月,是闷郁得像要压到头顶上来的黑暗。远处树木和建筑物的黑影动也不动,像怪物摆着阵势。偶或有两三点萤火飘起又落下,这不是鬼在跳舞,快活得眨眼么?狗吠声同汽车的鸣鸣声远得几乎渺茫,好像在天末的那边。却有微细的嘶嘶声在空中流荡,那是些才得到生命的小虫子。早上还下雨,湿泥地不容易走,又看不清,好几回险些儿跌倒。那弟兄唇边粘着支烟卷,一壁吸烟一壁幽幽地说:"他们两个都和善,到这儿满脸的气愤,可还是透着和善。他们你看我,我看你,看了几眼就低头,想说话又说不上。你知道,这样的家伙我们就怕。我们不怕打仗,抬起枪来一阵地扳机关,我想你也该会,就只怕你抬不动枪。敌人在前面呀,打中的,打不中的,你都不知道他们面长面短。若说人是捆好在前面,一根头发一根眉毛都看得清楚，要动手，那就怕。没有别的，到底明明白白是一个人呀。尤其是那些和善得很的，又加上瘦骨伶仃，吹口气就会跌倒似的，那简直干不了。那一天，我们那个弟兄，上头的命令呀，退缩了好几回，才皱着眉头，砰的一响放出去。哪知道这就差了准儿，中在男的胳膊上。他痛得一阵挣扎。女的好像发了狂，直叫起来。老实说，我心里难受了，回转头不想再看。又是三响，才算结果了，两个染了满身红。"那弟兄这样叙述，他听得似乎气都透不过来了；两腿僵僵的提起了不敢放下，仿佛踏下去就会触着个骷髅。然而总得要走，只好紧紧跟随那弟兄的步子,前胸差不多贴着他的背。

老妇人见阿弟瞪着细眼凝想,同时搔着头皮,知道有下文,愕然问:"他谈些什么?他看见他们那个的么?"

他们怎样"那个"的,这问题,她也想了好几天好几夜了,但终于苦闷。枪,看见过的,兵和警察背在背上,是乌亮的一根管子。难道结果女儿女婿的就是那东西么?她不信。女儿女婿的形象,真是画都画得出。哪一处地方该吃枪弹呢?她不能想象。血,怎样从他们身体里流出来?气,怎样消散消散而终于断绝?这些都模糊之极,像个朦胧的梦。因此，她有时感觉到女儿女婿实在并没有"那个"，会有一天，嗒，嗒，嗒，叩门声是他们特别的调子，开进来，是肩并肩的活泼可爱的两个。但只是这么感觉到而已，而且也有点模糊，像个朦胧的梦。

"他没看见，"阿弟连忙躲闪，"他说那男的很慷慨，几件衣服都送了人，他得到一条外国裤子，身上穿的就是。"

"那是淡灰色的，去年八月里做的。"老妇人眯着眼凝视着灯火说。

"这没看清，因为天黑，野外没有灯。湿泥地真难走，好几回险些儿滑跌；幸亏是皮底鞋，不然一定湿透。走到一处,他说到了。我仔细地看,十来棵大黑树站在那边,树下一条一条死白的东西就是棺材。"阿弟低下头来了,微秃的额顶在灯光里发亮。受了那弟兄"十七号,十八号,你去认一认吧"的指示而向那些棺材走去时的心情,他不敢说,也不能说。种种可怕的尸体,皱着眉咬着牙的,裂了肩穿了胸的,鼻子开花的,腿膀成段的,仿佛就将踢开棺材板一齐撞到他身上来。心情是超过了恐惧而几乎麻木了。还是那弟兄划着几根火柴提醒他说"这就是,你看,十七,十八",他才迷惘地向小火光所指的白板面看。起初似乎是蠕蠕而动的蛇样的东西,定睛再看,这才不动了,是墨笔写的十七,那一边,十八,两个外国号码。"甥女儿,我看你来了。"他默默祝祷,望她不要跟了来,连忙逃回小路。——这些不说吧,他想定了,继续说,"他说棺材上都写着号码,他记得清楚,十七十八两号是他们俩。我们逐一认去,认到了,一横一竖放着,上面外国号码十七十八我识得。"

"十七,十八!"老妇人忘其所以地喊出来,脸色凄惨,眼眶里亮着仅有的泪。她重行经验那天晚上那个人幽幽悄悄来报告恶消息时的况味;惊吓,悲伤,晕眩,寒冷,种种搅和在一起,使她感觉心头异样空虚，身体也似乎飘飘浮浮的，一点儿不倚着什么。她知道嗒，嗒，嗒，叩门声是他们特别的调子，开进来，是肩并肩的活泼可爱的两个，这种事情绝对不会有的了。已被收起了，号码十七，十八，这是铁一般的真凭实据！一阵忿恨的烈焰在她空虚的心里直冒起来，泪膜底下的眼珠闪着猛兽似的光芒，"那辈该死的东西！"

阿弟看阿姊这样，没精没采回转头，叹着说："我看棺还好的，板不算薄。"——分明是句善意的谎话。不知道怎么，阿弟忽然起了不可遏抑的疑念，那弟兄不要记错了号码吧。再想总不至于，但这疑念仍然毒蛇般钻他的心。

"我告诉你，"老妇人咬着牙说，身体索索地震动。睡着的孩子胳臂张动，似乎要醒来，结果翻了个身。老妇人一面理平孩子的花洋布衫，继续说，"我不想什么了，明天死好，立刻死也好。这样的年纪，这样的命！"以下转为郁抑的低诉。"你姊夫去世那年，你甥女儿还只五岁。把她养大来，像像样样成个人，在孤苦的我，不是容易的事啊！她嫁了，女婿是个清秀的人，我喜欢。她生儿子了，是个聪明活泼的孩子（她右手下意识地抚摩孩子的头顶），我喜欢。他们俩高高兴兴当教员，和和爱爱互相对待，我更喜欢，因为这样才像人样儿。唉！像人样儿的却成十七，十八！真是突地天坍下来，骇得我魂都散了。为了什么呢？是我的女儿，我的女婿呀，总得让我知道。却说不必问了。就是你，也说不必问了，问没有好处。——怕什么呢！我是映川的娘，姓张的是我的女婿，我要到街上去喊，看有谁把我怎样！"忿恨的火差不多燃烧着她全身，说到后段，语声转成哀厉而响亮，再不存丝毫顾忌。她拍着孩子的背，又说，"说什么姓孙，我们大男姓张，姓张！啊！我只恨没有本领处置那辈该死的东西，给年轻的女儿女婿报仇！"

阿弟听呆了，怀着莫可名状的恐惧，侧耳听了听外面有无声息，勉勉强强地说："这何必，这何必，就说姓孙又有什么关系？——喔，我想起了，"他伸手掏衣袋。他记起刚才在黑暗的途中，那弟兄给他一团折皱的硬纸，说是那男的托他想法送与亲人的，忘了，一直留在外国裤子袋里。他的手软软地不敢便接，好像遇见了怪秘的魔物；又不好不接，便用手心去承受，松松地捏着，偷窃似的赶忙往衣袋里一塞。于是，本来惴惴的心又加增老大的不自在。

"他们留着字条呢！"他说着，衣袋里有铜元触击的声音。

"啊！字条！"老妇人身体一挺，周身的神经都拉得十分紧张。一种热望（自己切念的人在门外叩门，急忙迎出去时怀着的那种热望）一忽儿完全占领了她。不接触女儿女婿的声音笑貌，虽只十天还不到，似乎已隔绝了不知几多年。现在这字条将诉说他们的一切，解答她的种种疑问，使她与他们心心相通，那自然成了她目前整个的世界。

字条拿出来了，是撕破了的一个联珠牌卷烟匣子，印着好几个指印，又有一处焦痕，反面写着八分潦草的一行铅笔字。

阿弟凝着细眼凑近煤油灯念那字条。

"'儿等今死,无所恨,请勿念。'嗐!这个话才叫怪。没了命,倒说没有什么恨!'恳求善视大男,大男即儿等也。'他们的意思,没有别的,求你好好看养大男;说大男就是他们,大男好,就等于他们没死。只这'无所恨'真是怪,真是怪!"

"拿来我看,"老妇人伸手攫取那字条,定睛直望,像嗜好读书的人想把书完全吞下去那样地专注。但是她并不识字。

室内十分静寂;小孩的鼾声微细到几乎听不见。

虽然不识字,她看明白那字条了。岂但看明白,并且参透了里头的意义,懂得了向来不懂得的女儿女婿的心思。

就仿佛有一股新的生活力周布全身,心中也觉得充实了好些。睁眼四看,一些器物同平时一样,静处在灯光里。侧耳听外面,没有别的,有远处送来的唱戏声,和着圆熟的胡琴。

"大男,我的心肝,楼上去睡吧。"她站起来朝楼梯走,嘴唇贴着孩子的头顶,字条按在孩子的胸口,憔悴的眼透出母性的热光,脚步比先前轻快。她已决定勇敢地再担负一回母亲的责任了。

"哇……"孩子给颠醒了,并不睁开眼,皱着小眉心直叫,"妈妈呀……"

1927年9月作

★

赤着的脚

中山先生站在台上,闪着沉毅的光的眼睛直望前面;虽然是六十将近的年纪,躯干还是柱石那样直挺。他的夫人,宋庆龄女士，站在他旁边，一身飘逸的纱衣恰称她秀美的姿态，视线也直注前面，严肃而带激动，像面对着神圣。

前面广场上差不多挤满了人。望过去，窠里的蜜蜂一般一刻不停地蠕动着的是人头，大部分戴着草帽，其余的光着，让太阳直晒，沾湿了的头发乌油油发亮。广场的四围是浓绿的高树，枝叶一动不动，仿佛特意严饰这会场似的。

这是举行第一次广东全省农民大会的一天。会众从广东的各县跑来，经过许多许多的路。他们手里提着篮子或是坛子，盛放那些随身需用的简陋的东西。他们的衫裤旧而且脏；原来是白色的，

《多收了三五斗》
湖南少年儿童出版社 1983 年版

几乎无从辨认,原来是黑色的,反射着油腻的光。聚集这么多的人在一起开会,他们感觉异常新鲜又异常奇怪。

但是他们脸上全都表现出异常热烈虔诚的神情。广东型的深凹的眼睛凝望着台上的中山先生,相他的开阔的前额,相他的浓厚的眉毛,相他的渐近苍白的髭须;同时仿佛觉得中山先生渐渐凑近他们,几乎鼻子贴着鼻子。他们的颧颊部分现出比笑更有深意的表情,厚厚的嘴唇忘形地微微张开着。

他们中间彼此招呼,说话。因为人多,声音自然不小。但是显然不含浮扬的意味,可见他们心头很沉着。

人还是陆续地来。人头铺成的平面几乎全没罅隙,却不如先前那样蠕动得厉害了。

仿佛证实了理想一样,一种欣慰的感觉浮上中山先生心头,他不自觉地阖了阖眼。

这会儿他的视线向下斜注。看到的是站在前排的农民的脚:赤着,留着昨天午后雨中沾上的泥,静脉管蚯蚓一般蟠曲着,脚底粘着似的贴在地面上。

好像遇见奇迹,好像第一次看见那些赤着的脚,他一霎时入于沉思了。虽说一霎时的沉思,却回溯到几十年以前:

他想到自己的多山的乡间,山路很

不容易走，但是自己在十五岁以前，就像现在站在前面的那些人一样，总是赤着脚。他想到那时候家族的运命也同现在站在前面的那些人相仿，全靠一双手糊口，因为米价贵，吃不起饭，只好吃山芋。他想到就从这一点，自己开始怀着革命思想：中国的农民不应该再这样困顿下去，中国的孩子必须有鞋穿，有米饭吃。他想到关于社会，关于经济，自己不倦地考察，不倦地研究，从而知道革命的事业必须农民参加，而革命的结果，农民生活应该得到改善。他想到为了这些意思撰文，演说，找书，访人，不觉延续了三四十年了。

而眼前，他想，满场站着的正是比三四十年前更困顿的农民，他们身上，有形无形的压迫胜过他们的前一代。但是，他们今天赶来开会了，在革命的旗帜下聚集起来了。这是中国一股新的力量，革命前途的——

这些想头差不多是同时涌起的。他重又看那些赤着的脚，一缕感动的酸楚意味从胸膈向上直冒，闪着沉毅的光的眼睛便潮润了；心头燃烧着亲一亲那些赤着的脚的热望。

他回头看他夫人，她正举起她的手巾。

1927 年 10 月作

★

冥世别

白髯皂袍的冥王坐在上面,说:"你们为什么又要到阳世去呢?我不是早对你们说过,你们已经尽了做人的光荣的本分了，再没有什么遗憾；我这里虽然阴森些，但是公平，有秩序，正适宜于你们永久安息。就此安心住下来吧。你们已经答应了我，说阳世的事自有别人在那里尽他们的本分，在那里干，你们是决定安心住下来了。为什么现在又要来对我告别呢？"

冥王的眼光满含着离愁；他的语调柔和到极点，可是带着凄惋，犹如慈母舍不得她的爱子，用她特有的动情的调子，希望把他们的脚步挽住。这使两旁的判官鬼卒觉得诧异，都呆着怪丑的脸向他呆望。他们想："就是送十全的善人超生仙界，我们的王也从来不曾这样依依不舍。今天,这几个青年说要去了,他却显出这样一副神态,忘了他冥王的威严,多怪!怪!……"

站在前面的青年有五个。两个各把自己的头颅提在手里,那是从电线杆上取回来的。其他三个的头上脸上都有血色转殷的凹陷处,两处三处不等,是枪弹的成绩。他们五个听冥王说罢,互相看了一眼,那高个儿手里的头颅便开口说:"我们很感激你的盛情。但是,我们不得不再到阳世去作一回人。请看这一篇文字吧,我们今天发现的。"说着,空着的一只手从衣袋里扬出一张阳世的报纸,授给冥王。

"莫非阳世涌现了极乐世界么?你们爱热闹,一定要去看看。"冥王自言自语,翻开报纸来看。虽然白髯铺满了胸前,还无须乎戴眼镜,他视线一上一下移动得很快,一会儿已经看完了用五号字排的一横栏。他忽然愤怒起来,脸色转成铁青,眼睛里仿佛闪着猛烈的火焰,厉声说:"竟说出这样的话来!应该把这班东西抓来,关进我的拔舌地狱!"

"请不要动怒,"那高个儿把头颅提高些,面对着冥王,抱歉似的说,"你以为哪些句子看不顺眼呢?"

"什么叫'率学生而反对校长,反对教员,亦未始非宣传……'?什么叫'有地位有家室有经验者多不肯冒险一试，学生更事不多，激动较易……为最便于利用之工具'？什么叫'牺牲一部分青年之利益，以政治学上最大多数之最大幸福之要求衡之，尚非不值'？"冥王一句比一句严厉地喝问，他没想到站在他面前的并非他所要审判的鬼犯。

站在右边的一个青年接上说："这正是表白心理的自供状呀。冥王，你是永远干那审判工作的，在审判工作者面前，表白心理的自供状不是很可贵的吗？"这声音是从血肉模糊的凹陷处发出来的，因为左颊中了枪弹，嘴就同伤口并了家；大概牙齿已经去了好几颗，舌头也受了伤,所以发音丝丝地,好像嘴里含着什么火烫的东西。

"唔,是表白心理的自供状……"冥王沉吟了;他闭了闭眼睛,把新认识的人世的罪恶深深记在心里,对站在他面前的几个青年起了深刻的怜悯。他恻然说:"你们只作了工具,只作了牺牲,我为你们悲伤!你们临命终时,绝不曾料想到会有人这样说你们的吧,我想。"

"感谢你的同情,"五个青年齐声回答,随即摇头,两颗提在手里的头颅尤其摇得厉害,像奔马项颈下的铃铎。他们说,"但是,请你不要为我们悲伤,因为我们自己都不觉得悲伤。"

"为什么？你们死得冤枉，死者还要受诬蔑，这在别人，要伤心得哭出血来了。"

较矮的一个提着头颅沉静地回答说："因为我们自信不曾作他们那批人的工具。说到工具，农人耕田，工人制造器物，几是不吝惜自身的劳力的，谁都为大家，谁都是工具。我们又怎么能不作工具呢？只是不曾作那批把我们称作工具的人的工具。那时候，他们贪恋他们的地位，守护着他们的家室，依据他们的经验，像瑟瑟发抖的老鼠。他们用惊讶而无情的眼光偷偷地望着我们，心里想的是发育还没有完全呀，知识经验还没有具备呀,还不能离开成年人的辅导而独立呀,那一套。他们以为我们只能盲从,有谁指鹿为马,我们就哄然响应,说那的确是马。到现在,他们就'工具呀工具呀'唱个没有完儿。他们无论如何不能了解我们,就像夏虫不懂得冰,井蛙不懂得海。"

较矮的那个说着,挺直了身子,把头颅举得高过了削平的项肩,显出一种异样的不可一世的神态。接着又激昂地说:"我们正因为是青年,脑子还清白,没染上那种腐臭的经验的毒。我们懂得什么该接受,什么该拒绝,懂得有所为和有所不为。凡是接受的信仰的,事情不论大小,我们自己负绝对的责任,成功了不是沾了谁的光,失败了也不是上了谁的当。冥王,请你想,侦探密布,大刀队四处游行,局面这样恐怖,要不是衷心有所执著,肯胡乱盲从,出来当个工具吗?正因为这样,所以头颅挂在电线杆上,枪弹钻进肌肉里边,从那个时候直到现在,我们绝不悲伤;这样的下场是题目中应有之义,假如过后要悲伤,我们先前就不做这个题目了。他们哪儿能了解这些呢?只看见我们死了,而他们还活着,就说我们作了他们这批人的工具!"

冥王不禁叹气了。他想这几个青年

的态度还跟初到来时那样坦然。说他们没有经验，其实也对，那识别罪恶的经验，他们的确太缺乏了。他把上身凑向前些，指着报纸上的文字，提示说："你们仔细看。这篇文章是说'率学生'，说'激动'，说'牺牲'，明明是他们在后边支配你们呢！他们把你们挑在枪头上，往敌人的阵营里乱刺。"

"不，不，他们哪里能支配我们！"五个青年齐声说，手里的头颅和颈上的头颅顽强地摇着，"只有我们鞭策他们，叫他们不得不从社会的角落里趱出来，像乌龟一个样，不得不迈上几步。"

"那么这篇文章为什么这样说呢？"

"是他们的夸大,根据他们的卑鄙的心理而虚构出来的夸大。他们这样说,就见得是我们的行动都出于他们的计划,他们有何等的远谋深算。第二,只要看这篇文章的题目:他们现在讨厌我们这样的人了;要说不应该再出现我们这样的人,就不能不加上些理论,世间有许多出于私欲和冲动的事,都给加上了找来的理论的外套呢!"说这段话的本来是个清秀的青年,从丰满的前额和清朗的眉目可以知道;但是右颊和鼻梁都中了一枪,下颌又受了刀伤,成了个残破的脸。

"不错,的确有许多出于私欲和冲动

的事都给加上了找来的理论的外套。"冥王凝着惯于谛视阳世的眼睛,连连点头。心想他们虽然态度那么坦然,识别罪恶的经验到底不见得缺欠,刚才未免错认他们了。他又问:"既然如此,你们为什么又要到阳世去呢?我这里公平,有秩序,丝毫不讨厌你们,正适宜于你们永远安息。"

先前不曾开口的青年耸了耸肩,两手按住露出肚肠的腹部,简洁有力地回答:"因为看了这篇文章,觉悟到我们还没有尽我们的本分,所以要再去一趟。"

"阳世的事儿,不是有别人在那里干,在那里尽他们的本分吗?"

"别人尽也罢，不尽也罢，那是别人的事。我们觉悟到还没有尽本分，对于自己非常不满，因而急于要鞭策自己，无论如何不愿意就这样永远安息！"

"你们是这样的意思，那么去吧，去吧，我不应留住你们！"泪水含在冥王的眼眶里了，像两颗明莹的珠子。他看着两旁的判官鬼卒，似乎他已经看透了他们刚才的疑惑，故而提起他们的注意，要他们各自分辨十全的善人与这几个青年有怎样的不同。

判官鬼卒都点头，仿佛回答冥王说，他们分辨清楚了。

"我不应该留住你们。请你们领受我

的一杯别酒吧。"

听冥王这样说,鬼卒们就忙起陈设酒浆的事情来。

1927年12月作

★

某城纪事

―

"进去了么?"

菊生不待父亲坐下,看定父亲略感

劳顿的灰色脸,就这样问;声音是压得很低的,仿佛只在喉间转气罢了。

父亲听说,本能似的向左右望,看有没有什么靠不住的耳朵。结果是没有,才闭了闭他那近视眼,右手从衣襟一重一重探进去,掏出两罐美丽牌卷烟来。含有鄙薄意味的笑浮现在他栽着十余茎短髭的唇边了。

"都是些饭桶!我带了四罐,你看,都没有印花票;他们查得出来么?"菊生看父亲继续掏出两罐卷烟摆在桌子上,几乎有点儿悠然的样子,再耐不住了,又问:

"爹爹,这回到上海,进去了没有?"

"忙什么？"

自然是呵斥，但声音里掩不过那种所谓"舐犊之爱"的情调，同时抬起眼光瞅着虽不壮健却比自己高过半个头的儿子，说：

"进去了；你我两个都进去了。"

嘴里这样说，心里通过一阵舒适，除了给儿子娶亲那一天，这种舒适简直不曾体会过。于是坐下，一只手玩弄那不贴印花票的卷烟罐，享受这种稀有的舒适况味。

"进去了怎么样呢？"

肯定的"进去了"三个字好像一道电流，菊生只感觉一阵震撼；经过这震撼,似乎全身都改变了,怎样改变当然说不清,总之与以前不同了。勉强打比方,有如穿上了一件灿烂的金甲,但也可以说捆上了一条无形的绳索。不胜重负的倦怠心情随着萌生,所以他急于知道"进去了"的下文。

"现在还没有什么工作。"

父亲说向来生疏的"工作"二字,用特别郑重的声调;自己像这样地使用这个名词,实在是几乎不能相信的得意事。他接上说:

"可是也快了。待军事势力一到这里,我们的工作要忙不过来呢。"

"唔。"

菊生答应得很含糊。他离开学校将近三年,在家里陪夫人"打五关"消遣;出去吃茶时也偶尔看看流行的小报,小报上的文章都没有讲明白工作是什么的。

父亲又瞥了菊生一眼,意思是"你不明白么?"但并不含有责备的成分。他解释说:

"最重要的工作是宣传。四万万民众大家知道要——那个,那个还不成功么?宣传的工作就是让大家知道。先总理(他仿佛觉得这三个字很不顺口,但一种亲热之感同时油然而生,自己宛然是父母膝下的娇小的孩子了)说行易知难,真是确切不移。可惜没有把那本书带来给你看。其实一点不要紧，莫说搜查，连衣角也没人来碰我一碰。他们胆子小，硬叫我不要带……"

"莲轩，你回来了？"

父亲的话被这声音打断了；因为是熟极的声音，他不感觉一毫恐慌，反而略微提高声音，得意地说：

"回来了！昨晚上在那边多耽搁了一会儿，没有赶得上今天七点的早车；车是挤得不堪设想，不准时刻，又开得慢，所以这时候才到。"

"这是第三趟来看你了。"

说着坐下来的是陈莲轩的姊丈周仲簏，一撮浓黑的髭须特别吸引人家的注意，就好像耳目口鼻都是普通而又普通的型式，再没有描写的必要；皮色很白，衬着浓黑的髭须，很明显地给人家白与黑的印象。春寒的傍晚时分，太阳又躲在破棉絮一样的云背后，他的额上却缀着细粒的汗滴。

仲篪把圆顶小帽抬起一点儿，用手巾擦着额上的汗滴，急切地问：

"进去了么？"

"进去了；我们父子两个都进去了。"

"这也好。"

仲篪像沉在水中的人握住了一棵水草一样，虽然命运尚不可知，这消息多少是眼前的一点儿安慰。

"单为我,我真不高兴多麻烦。这样的时世,火车窗洞里爬进爬出,到上海去难道是开心的事么?我都为的菊生啊!他这么大了,不能不给他开一条路。"

菊生听父亲这样说,搔着头皮,懒懒地坐在父亲侧边。

"他们说起我么?"

仲篪来了三趟,就为这一句。

"没有说起。"

"没有说起?"

"不过连带说起一点儿。我几乎填不成表格呢;他们说我是周仲篪的内弟。"

"那一定说周仲篪怎么样怎么样了?"

"是呀。他们说你曾经列名上袁世凯

的劝进表；说你平时靠省议员的旧头衔，包揽词讼，把持地方；是十二分合格的土豪劣绅。"

"土豪劣绅……"

仲篪勉强地笑。

"我就驳他们说，古人罪不及妻孥；难道处在现在的时代，干那样的事业，只因姊丈是土豪劣绅，就不容参加么？"

"他们又怎么说？"

"又怎么说呢？还不是拣出空白表格来就让我填。我填得很不坏呢。表格中有一项要叙述对于改善中国的意见，我就写，要中国兴盛起来，非事事彻底做去不可；譬如打倒土豪劣绅，要打得一个不剩方休。"

"啊!"

仲篪不觉惊叫；他对于土豪劣绅似乎已经居之不疑，因而惊讶莲轩怎么会打起他来。

"土豪劣绅是民众的蟊贼，地方的灾殃，不打个干净，就不用说什么革——"

莲轩说得很严正，非唯没有觉察仲篪的居之不疑，似乎连刚才自己说的话也忘了；昨天看的几本小册子还留在脑子里，这里说的他自信是由衷之谈。他接着说:

"昨天他们在那里拟议，说要规定几个非打倒不可的；待军事势力一到，就大书特书揭示出来,让民众有个明确的目标。这的确是个好办法。"

仲篪忽然受了针刺似的,跳起来说:

"我要上海去!我要上海去!"

"怎么?你也——"

仲篪不答理莲轩的问题,只是在室内来回地走;他那黑与白的脸,白的部分皱起来了,黑的部分抬高,几乎居于中央。一出出可怕的戏文在他脑子里闪现:不知多少短衣服粗胳臂的人拥到家里来,所有的家具都被捣毁,收藏得最隐秘的私蓄也被发现出来;随后是大门上钉上两片交叉的木板,还有墨色印刷加朱批的封条糊在上面,朱批里少不了

"土豪劣绅"那几个字；报上的广告栏里有自己的照片登出，下面的文字——总之是不堪入目的话；大太太姨太太当然被撵走了，老太太在"发逆"时代吃的那些苦，她们一定是全本照抄；至于那所"大仙殿"，不用说，迷信！一把火烧个精光……

他闭了闭眼睛，不敢看那凶暴残酷的一把火。眼睛再张开来时，火仿佛消灭了。阑珊地望着莲轩说：

"我要上海去；我在这里不方便。"

莲轩方才觉醒似的，用两个指头弹着前额说：

"不错。已经到杭州了；现在分两路

向这边来，说慢点儿也不过五六天工夫；这边抵抗是没有的事。所以你到上海去避避是不错的。"

"我同你商量——"

仲篪弓着身，浓黑的髭须似乎扫着莲轩的颧颊，低低地诉说把自己的资产名义上全转移给莲轩的计划。菊生的头也凑拢来，用好奇的眼光看定仲篪的翕张的嘴，心里想，不要说什么名义上，就实际上转移了过来，那多好呢。

仲篪说完他的急就的计划，结句说：

"我们至亲，一定可以帮忙吧？"

"当然，当然，我们至亲！"

莲轩满口承应，心头似乎更舒展了

许多；虽然只是名义上，总算兼并了一份不小的财产。

菊生把身子坐正，咽了一口馋馋的唾沫。

莲轩夫人不知道什么时候进来的，坐在饱和着暮色的角落里，像个鬼影。她不明白父子两个"进去了"之后是吉是凶；想到前巷那个姓李的小伙子，听说也因为"进去了"，才被解到南京去枪毙的，她再也不敢想了，只连连默念着"阿弥陀佛"。对于姑老爷的异乎平时的神态，她知道他遇到什么倒霉事了，因而又代姑太太担起无所着落的忧愁来。

二

县学的明伦堂作为党部的大会堂，正中挂起中山先生的遗像，两旁是照例的六言联语，上边交叉张着党旗国旗。堂前两旁的斋舍作为各部的办公室，每室都有标名，是用淡墨潦草地写在白纸上的。常务委员办公室的板壁上有一个电话机，是新装的，光亮的色彩同板壁的暗淡对比，像花手帕挂在乞丐身上。

陈莲轩坐在宣传部里。桌子上一个砚台，满渍着水；三支"大京水"都秃了头，横七竖八地躺在旁边。他看到桌面，就要叹一口闷气。

他具有热心,愿意贡献自己的一切,来成就中华民族唯一的大事业。可是几天以来,竟候不到机会效一点儿力,哪得叫他不闷?预备发布《告民众书》时,轮到他撰稿,他于是翻检新近公开的《建国方略》《三民主义》等书,以便先立定个主旨;但是常务委员应松匡等他不及,自己一挥而就,书也没有翻。要给本城新闻纸登一篇文章解释党义时,他自告奋勇说由他担任,第二天就能把草稿起好;但是应松匡说那样第二天来不及见报,便提起笔来,歪歪斜斜写满三纸,派人立刻送往报馆。类此的事还有好几件。这使他呆看着未被使用的笔砚愤慨地想：不料这几天里却长了一种经验，原来小伙子做事是那样粗率，不经意，罔知权限的！

虽然闷，又愤慨，他还是每天到；草创时代无所谓规定的办公时间，但他总要吃过晚饭才回家，就是有规定绝不会再算他旷缺。他这样想，才几天工夫，眉目还没见，无论如何要耐着性儿守；若为些少的不满就掉转头走开，那是血气之徒的行径，到后来难免要懊悔失去了什么机缘的。

破纸窗敞开着，外面时时有几个带着探究神情的脸凑近来。有的竟把整个脑袋伸在窗台里面，旋向这边又旋向那边，看有没有一个角落里藏着什么神秘的东西。甚至于穿黄布寿衣牙齿脱落到不存一颗的老太婆，也扶着孙女儿到县学里来看，意思是见识见识那种新花样，待见阎王时也交代得过。尘封了不知多少年的县学，每年只有春秋二季由县官和士绅们来这里串一回祭祀的把戏，现在却比庙会市集尤其热闹。"到学里看过么？"成为新流行的寒暄语，而一些卖豆腐浆牛肉汤的，也挑着担子到县学门前赶生意来了。

"有什么好看的？"

对于每一个凑近窗边的脸，莲轩都给他们这句嫌厌的问语；问不用口，代替的是近视眼定定地一瞪。这不是什么有味的事,多问了几眼当然会厌烦;便索性脸朝着里,给他们看背心;自己呢,在心头展览几天来做的那些闪动而朦胧的现实的梦——

炮声每隔两三分钟一发,震得玻璃窗都作回响。全城的人心好像再也不能安放在腔子里了,都突突地窜动着,只待跳出来碰到枪弹或炮弹破毁了完事。然而出乎意料的消息传来,说原来在这里的兵队昨夜开走了,隆隆的炮声并非是对垒。这就使每一颗心都安定下来,"好了,如今是!"有人发起出城去欢迎,举起胳臂擎起纸制小旗来响应的就有四五千。几个重要人物,如应松厓等,坐了小汽船先发,好让被欢迎的早点儿领受全县的好意。四五千人的队伍多么盛大,多么热烈啊;陆陆续续,延长到三四条巷,步伐是轻快而有力;刚才上口的歌,因为简单,很能够唱得协调,"齐欢唱,齐欢唱"的声音像海潮一样泛滥起来,弥漫在全城的空间;牛肉,馒头,牙刷,毛巾等慰劳品,成担地挑着,夹在队伍中间,比迎神赛会中的汉玉如意,古铜彝器,更惹路旁观者注目。路并不少,出了城有二十来里;但大家并不觉得累,反而越走越有劲。终于欢迎的队伍与被欢迎的会面了;初次试喊的口号带着好奇跃动的心情喊起来,什么万岁什么万岁接连高唱,多至一二十个,脆弱一点儿的人感动得只好淌泪。慰劳品是毫不吝啬地分送着;受慰劳的两手捧得满满了,还有牙刷毛巾之类像归鸟一样翩然落在上面。仔细看那些被欢迎的,正合两句衡文的老话,"人人意中",但又"出人意外"。服装不甚漂亮,面容多少有点儿憔悴,以及掮着的枪械器用,排着的行列形式,都同其他队伍无甚差别,这是"人人意中"。然而,不甚漂亮的服装里面好像包含着一颗强毅热烈的心;多少有点儿憔悴的面容足见他们为排除民族的障碍所受的苦辛;他们的态度又好像非常温和,莫说所谓"国骂"未必逢人脱口而出,简直叫人兴起走近去同他们抱一抱的愿望:这些是看见了其他队伍决不会感到的,是所谓"出人意外"……显然可见的改变跟着来了。凡在大众的意念中,与土豪劣绅多少会引起联想的那些人,移住上海租界的早就走了,没走的也废止了每天上茶馆的常课,虽然揭示土豪劣绅姓名的拟议还没见实行。各色的人都成了热石头上的蚂蚁,一时不知道该往哪里走;但是有一个共通的新认识,就是今后每个人必须归属于一个社或会,无所归属的人犹如荒野的孤客,要吃尽意想不到的苦。

前县知事是乘欢迎队伍出发的当儿溜走了,全县的权力像风中飞絮一样飘荡无着;但飘荡不到半天,便由临时组织的县行政委员会把它从空中一把抓在手里。而县行政委员会的一切措施又须取决于党部。大众不曾料到那突然涌现的党部竟是全县的主人……

隔壁电话机上一阵铃响,把莲轩温理新梦的心思打断了。他听见接电话的仍是劳顿了几天以致喉咙沙糙的应松厓。

"……喔,你问'大仙殿',不是昨天已经发封了么?……你提起僧寺,尼庵,道院;这些都要不得,我们自然也要取缔。……不过要从长讨论,似乎与

'大仙殿'情形不同。……四点钟的会议时面谈吧。"

听筒刚挂起,铃声又急促地响起来了。

"你们哪里?……喔,久大米店,什么事?……啊!打伤了人?谁同谁打?……打米司务打伤了打米司务?他们该是一伙儿,怎么打起来了?……唔,明白了;他们要停工组织工会,看见你们店里的司务还在那里工作,就打起来了。是不是这样?……我们这里就派人去。你们务须劝止他们不要再打,一切待党部派员到时再说。"

隔不到一分钟,听得应松匡在那里

接待好些客人了；客人的语调都是故作温文而实则粗陋的一流，极容易唤起市肆扰攘的印象。

"先生，我们有的是公所；听说现在不行了，要立什么商民协会。可有这句话么？"

"是的，商人须组织商民协会。"

"先生们定出来的章程，我们有什么说的，只有照着章程做。"

"不过我们全都不明白。好比瞎子走生路，全靠别人指点，是不是？商民协会该怎么搞，怎么发起，怎么召集……我们现在是两眼墨黑。"

"听说资本家老板不在其内。可有这

句话么?"

"商民协会的目的在加薪水;有了资本家老板,再不要想通过加薪水的议案了;当然不让他们加入。你不相信,可以问这位党里的先生。"

"这句话如果实在,兄弟可要先走了。兄弟开一爿五十平的小杂货店,惭愧之至,也要算资本家老板呢。"

"我想还有资本家协会老板协会吧?"

几个商人毫无间歇地接连说话,各顾表白自己的意见。应松厓只好默不发声,等他们索性把话筐子倒空了。他们见开口的机会还有,又提出入会手续该怎样,每人会费要多少等等随心想到的问题。

一阵皮鞋声近来,急遽而不沉着,莲轩听得清是儿子菊生。"到底他是小伙子,只一味高兴。"才这样想时,菊生已经进来了,差不多是跳进来的;灰哔叽的中山装,衣袖裤管的折痕笔挺,脸上现着平时难得的鲜红色,似乎他的血液经过一番清洗了。他站住在父亲桌子边,取帽子在手作为扇子扇着,趣味地笑说:

"刚才去调解的是一家理发铺的争执。三个伙计向开店的说,从今起,手里做下来的工钱要对分了。若不答应,那就罢工!开店的也回答得妙,'好!你们的办法真妥当!我情愿把剃刀轧剪一切家伙奉送给你们，由你们去开店，我做伙计；做下来的工钱对分。'"

"哈哈，伙计碰着钉子了。"

"不，并不。伙计说，'我们不要做什么开店的。大家知道店是你开的，我们就同你讲话。要知道，现在是革命的世界了，革命的世界里，伙计是……'"

"你怎么给他们调解？"

莲轩抢着问，他要看看儿子的才具。

"伙计的话不错呀；世界不同了，他们的要求也不见得过分。"

"啊？"

莲轩诧异儿子有这偏激的见解，不自主地瞥了他一眼；新式的服装带来个异样的灵魂了么？一转念间，又这样想：几天以来，他从应松厓他们那里沾染得太快了。

沾染得快固然可以欣慰，说不定也是一条路，但可虑之处究竟不少；父亲的心错综地思忖着。

"不过开店的也有为难之处；小本营生，哪里担得起那么一副重担子。"

"唔。"

莲轩这才点头，发于内心地赏赞儿子，究竟没忘掉中庸之道；这证明了并没有沾染得"太"快，但另一方面的可以欣慰，似乎很足以相抵。

"所以我给他们判断，四六开拆；伙

计四,开店的六。"

"他们听从么?"

"不。伙计一定要对分,做不到就不让开店门。"

"那末还是个未了之局呢。"

"是呀,得再给他们调解。"

"这种事你可以回绝不去的。我看局面总不能这样乱糟糟地维持下去;一定会变,变到怎么样当然看不定。你何必跟着他们出头露面呢?他们正起劲,所有的几斧头还没使完,让他们去使好了!"

莲轩忽然感到古君子因怀才不见用而激发的一种高蹈心情,低声这样说;

他的意思，最好儿子也同他一样，隐居在党部的房间里，这才党而不党，不党而党，是最合适的态度。

"事情太多了，大家尽自己的力量做去。"

菊生是满不在乎的口气；对于父亲的嘱咐，他实在没有充分了解，只觉得几天来跑进跑出，口讲手指，是以前不曾经历过的新生活，到此刻还不觉厌倦呢。他用两手拉着上衣的下缘，理平当胸部分的些少皱纹；同时身子一旋，似乎又预备拔脚做"工作"去了。

正好隔壁应松厓听罢了电话，喊道：

"密司脱陈，下午三点，人力车工会

开成立大会，要我们派一个人去指导，就请你走一趟吧。要立刻去，现在三点差十分了。"

菊生不等应松匡说完，头也不回就跑走。

于是莲轩又独留在宣传部里。眼光偶然投到宣传部长的桌子上，同样的满渍着水的砚台，同样的横七竖八的几支秃笔，不过多了一堆散乱的小册子和单张印刷品。他又叹了口闷气。移身朝外，窗外凑近来的脸还是陆续有，从显有菜色的以至涂脂抹粉的，从十分愕然的以至嘻嘻哈哈的，都有；有几个孩子竟把上半身爬在窗台上，扮了个鬼脸，然后老鼠一样缩了出去。

他想：怎样一个离奇纷扰的境界啊！几天以前，摹拟那将要涌现的新境界，像是个渺茫的梦，总勾不成粗略的轮廓。谁知道涌现出来的是这么个样子。似乎太远于愿望了。再改变一下吧！不论改变到怎样，总比现在会使他高兴一点儿。……然而，在改变的端倪尚未显露以前，他还得天天来看守这间屋子；闷固然闷，但是人间的事能单顾闷不闷么？

"告诉你一个消息，很怪！"

这人说话时夹着喘息，莲轩知道新得"机关枪"绰号的宣传部长在隔壁了。

便听应松厓问：

"什么消息？"

"有人说周仲篪回来了，新任不知第几军的秘书长，有两个'盒子炮'跟着呢！"

"谁看见的？"

"谁看见倒不知道，不过外面传说很盛。"

"不见得确实吧，我知道他躲在上海旅馆里。"

应松厓的声调故意作得泰然，但掩不没将信将疑的惶惑。

"本该大书特书把他打倒的。我们为什么终于没有做？"

"机关枪"言下颇有"悔之晚矣"的意味。

莲轩不免好笑;昨晚上还接到仲簏改姓换名的明信片,说"托庇粗安",怎么忽然当起秘书长来了。他又笑应松厓他们外强中干;周仲簏就是真回来,难道就把他们吃掉了?心思更往深处钻,突然间,仿佛撞见了可爱的光明;他的心不免跳得急促了,想道:也许改变的端倪来了吧。

三

半个月以后,县学里远没有先前那样热闹了;大家已经明白,这里边确实同以前一样，没有什么神秘的东西。几所破旧的殿堂斋舍，有什么可看的？电话机的铃子尽在那里默着，好像哑了似的；偶然叮铃铃地响起来，也只是问某人在不在罢了。先前为了贡献意见，为了冲突打架，为了请示办法，曾经打电话过来或者亲自跑来的人，现在都在家里擦着眼睛，疑惑地想："不是做了个梦么？"应松厓之流不知道到什么地方去了。他们原无所谓；就大局而言，他们只是港湾里水滩边的几棵小草。但是一阵掀天的恶潮涌起时，余波折入港湾，便把小草冲走了。

然而陈莲轩还是在县学里。不过已

移到了隔壁一间；又，以前是守，现在是——该怎么说呢？说他坐镇，该不算辱没吧？——坐镇：这些是不同的地方。

这时候他刚抽罢一枝卷烟，好像生命又经过一番刷新，有许多的事要做。如介绍姊丈周仲篪就是其中的一件。他投过一眼看那坐在对面捻着浓黑髭须的仲篪，觉得在任何方面，自己都不如他；现在重要事务正堆到自己身上来，他是个必不可少的帮手。便说：

"你现在就填一张表格吧；等会儿我来提出。"

仲篪泰然笑说：

"填就填一张。论参加革命，你是知

道的,我的行辈并不低呢,辛亥光复以前就加入了同盟会。"

"现在'继续努力',正是理所应当。"

"确然应当!"

仲篾的神态显得很庄严,又说:

"他们小伙子革命,我们已经看过了,结果革成了'反革命'!(他相信现在确有资格使用这三个字了)那只好还是我们老辈来革命了。"

莲轩会心地点头;对于自己的出任艰巨,更觉得有重大的意义。

"我那所房子的事也就提一提吧。"

仲篾像随便说一声似的,悠然的眼

光仰望着承尘。

"是的,我马上要提出。"

对于许多要做的事中间的又一件,莲轩很有把握。

"相信大仙,迷信!那当然。不过是人家走上门来烧香求签的,惩罚迷信也罚不到有屋子的人。从今以后,把大仙的神位撤去了也就完事;房子总该发还的。"

这时候菊生从外面跳了进来,还是从前那副起劲的神气(他现在是宣传部长了),对父亲说例会时间已到,许多人坐在会议室里了。

"赶快把表格填了。"

莲轩对仲篯说罢,预备站起来,同时默念等会儿要当众背诵的"遗嘱"。

1928 年 7 月 6 日作

某镇纪事

甘蔗渣铺得满地;卖豆腐浆的不停地使用他的铜勺;做海棠糕的摊子上,男女手忙脚乱,搅面糊,拨炭炉子,翻转烘到半熟的糕,沿摊子站着男女老少,都瞪着馋馋的眼睛。每年新年头(当然是阴历的),这破寺前的旷场上有类乎这样的热闹。这一天是初夏时令。欣欣然有生意的野草给成百成千只脚践踏着,叶断茎折,疲乏地倒了。人体是前后左右相互接触着,碰撞着。直射的太阳光照在或梳辫或剪发或挽发髻的头顶上,仿佛有一层热气浮起来。汗臭随着不定向的轻风往这边那边吹送。"新年里没有这样挤呀!""咦,今天的人为什么这样多?"大众喃喃说这些话,足见这天的热闹胜似新年了。

"还不来么?"虽然略带厌倦意味,

还是满怀热望的口吻。

"肚皮饿瘪了。还不来,还得饿。"

"不好回船吃了饭再来么。"

"只怕正回船吃饭,却就来了。"

"我们还是天发亮的时光吃的饭呢。"

"你们哪里?"

"陶村。"

"二十多里路呢。"

"比我们远的还有。东塘也来了好几条船,都走在我们前头。"

"赶春台戏也没有这样起劲。"

"自然咯。春台戏年年看,七省巡按御史一般身份的人,一世也难得见一回。他又是我们大家知道的李大爷的儿子,更要看看他的威风。"

"他的身份,我知道是好比从前的钦差,十八省的事他都管得着。"是傲然的声音,分明嫌那个人说七省短了十一省。

"他该是个高个儿,圆圆的官脸。"

"他十几岁的时光我看见过,矮小得很,瘦瘦的脸,同几个学生就在这场上乱跑。到现在不过十年,想来不会有什么大变化。"

听说看见过,惊异羡慕的眼光从各方射过来,收集这些眼光的便露出得意的神色。

"时来运来,官有官相。我想,现在他一定变成个高个儿,圆圆的官脸了。"

那边有另外的一组在谈话,同这边的一组一样,把声音提得很高。

"老伯伯,你难得,这一把年纪,今天也来看热闹了。"

那老农人抬起红筋满封的病眼,兴奋地说:"我是快要没得看了,故而今天出来看看。你们小伙子,活的日子还多,现当田里忙的时节,何犯着丢下生活也来看热闹?"

"革命里的官府从没见过,谁不想看看?"

"这倒不错。我们都要看看什么叫革命,可是看不清白。有的说革命就是减我们的租来,但是去年并没减。今天到这里来看看革命里的官府李家少爷,在他身上总该看得出点儿什么叫革命来;那末我死了去见阎王也交代得过,总算懂得革命了。"

"我听人家说,革命就是年轻人当权柄,像李家少爷的年纪最交时运,老一点儿的都不行。"

"我听人家说,在这镇上,赵大爷的天下被压倒了;不要他当乡董老爷,不要他管一切的事,全得让给小伙子李家少爷。"那沙嗓门的中年农人说时故意压低了声音。

"那自然咯。不听见么?李家少爷好

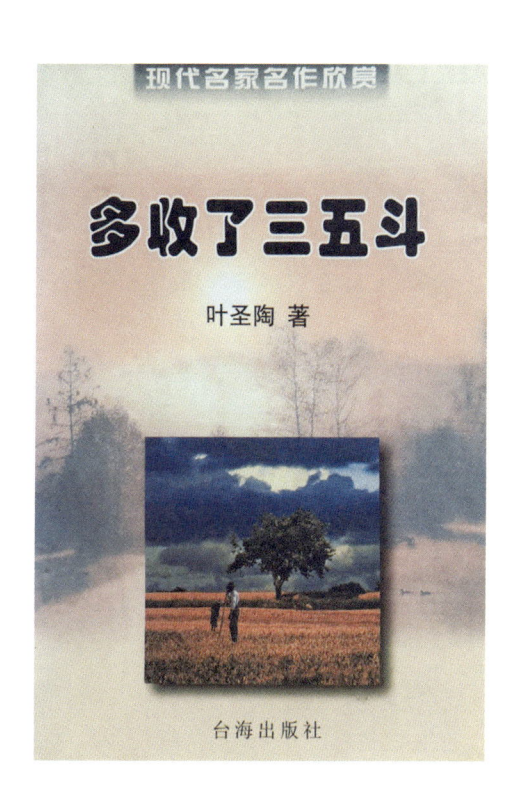

《多收了三五斗》
台海出版社 1998 年

比从前的巡按大人,管到一十八省!这里是个镇,就在一十八省里头,本该由他带管。"

"赵大爷也管够了,"先前说话的老农人蹙起眉头回忆,"他当乡董足有三十个年头;起初也是个清秀小伙子,现在胡须都花白了。你们不知道,在他前头当乡董的就是李家少爷的叔祖老爷。现在又轮到了李家。这里的天下,总在他们赵李两家手里。"

"老伯伯说得不错,总在他们赵李两家手里。"

停顿了一会儿,一个说:"这回下来察看了,不知道要怎样办。"

"自然是重兴寺院了。有宋朝画的观世音菩萨,是几千年的东西,还不该改造山门么?"

"真的,敬神奉佛比修桥补路还要紧。"

"那墙壁上画的观世音菩萨,我们也常见,哪知道倒是古董宝贝。"

"你不知道那观世音菩萨也实在灵,对他烧香求儿子,没有不如愿的。他是'送子观音'。"

"你叫你的家婆来烧个香吧。"

"他的家婆是烧一辈子香也不会生儿子的。不相信,你问他。"

"谁给你说的?"

"哈，哈，哈……"

"来了！"

"来了！"

谁也不知道是谁开头说的，大家只觉得感受一种波动，因而向前后左右碰撞；年轻姑娘不免吃点儿亏，身体的某部分受着故意的倾轧，随即含羞带娇地说些习用的骂人话；同时像感应了电气似的，每个人以为等着瞻仰的人物来了。

"在哪里？"

"在哪里？"

脑袋的海的平面顿时涨起了波浪。

"不是的，是巡警捉赌摊。"

"连人连赌盘带走了。"

"难道那人没有孝敬巡警先生么?"

"不会的,摆到赌摊总懂得规矩。"

"巡警先生很恼怒,在那里咕噜着说,怎么今天也来摆赌摊。"

"为什么唯有今天不好摆?"

"其中总有道理。"

"那末李家少爷还没来呢。"虽然略带厌倦意味,对于未来的瞬间仍旧怀着美满的希望。

李大爷家里差不多像办喜事,只大门上的红绸换了交叉的党国旗。十名临时雇工穿着借来的不称身的长衫,跑出跑进像寻食的蚂蚁。香烟要换"白金龙"

哩，看茶炉子有没有沸哩，往南栅头去探听汽油船有没有到哩，款留尊客的房间还得作最后的整理哩：他们做来全身是劲儿。桌子，交椅，屏风，炕床，一律是红木的，李大爷陈设了自家所有，还向别家借来了好几套，仿佛是展览全镇木器的精华。几十盆月季是镇上养花名手张家的，散置在各处的几案上，一朵花儿就是一个欢迎的笑脸。

预备尊客住宿的房间在后进，是一平排五楼五底，打扫得不留一丝儿尘埃。上下除开当中的一间，两旁都搭起临时床铺。近二十床的薄绸被也聚集了全镇的精华，有些是新嫁娘借出来的，放散脂粉与发肤混和着的香气。楼上正中一间，朝外放一架留声机，大喇叭张着沉默的笑口。

厨房里，镇上头等名厨叫做阿鲜的正在检点特地进城瞒过反日会向南货铺私下买来的鱼翅，他惟恐等会儿端上去，李大爷皱皱眉头，嫌他煮得不烂。白板桌上，盛在白洋瓷盆里的巧克力糖有点儿融化了，消失了方形的棱角；剖开的花旗蜜橘引来三四个苍蝇，摇头搓脚表示尝到了异味的欢喜。野鸡的尸骸横躺在灶沿，精赤的胸脯肉显露一二处中了枪弹的伤痕。野鸡的脚爪边躺着浮切了四五刀的鳜鱼，张开大嘴，等着到沸滚的油里去游泳。

这一回，阿鲜可也"才尽"了。问他顶丰盛顶讲究的筵席会弄么，他回说还不是爷们吃惯了的八元席。说八元席太寒伧了，得好好儿加些名色，他回说那只有进城去挑选上好的鱼翅、燕窝、白木耳，一面呢，用了鸡鸭再加上几色野味。又问能不能再讨好点儿，他回说再讨好十倍也愿意，怎样下手容他细细想。但是他想了两天两夜，把知道的食谱都背熟了，还是想不出再讨好点儿的头绪。第三天他灵机忽动，马上搭小火轮跑上海，回来时带着一大网篮西式点心糖果，以及渡过太平洋远道而来的橘子、苹果之类。阿鲜说，这叫没法里想出办法来。在这镇上，大批地消费这类东西，的确是破天荒。

一个雇工气咻咻地跑进厨房，"喂，阿鲜，李大爷特地叫我赶回来吩咐你，等会儿鱼翅要做各客的。"

"知道了。幸亏我预备得多。"

阿鲜一转身又去检点下手剥好的莲心；他知道吃了他生平第一大手笔的菜的尊客，一定不吃干饭吃稀饭，格外讨好，在他的食单上准备了百果粥。

汽油船慢慢靠岸，公安分所仅有的两只军号吹起致敬礼的调子，二十四名警察双手举枪，站成两垛墙，中间是一条弄；警察的墙外探起无数脑袋，虽然阳光照耀，每个脑袋的两个眼睛都睁得很大。埠头上站满迎迓的士绅，或脱帽，或作揖，或扬起一只手，各人表演自以为最适当的姿势。这地方嚷嚷了有两三个钟头，这会儿却完全静下来了，让军号声独自占领了空间。每一个人感觉全身紧张，每一颗心的跳动不同寻常。

委员专家们登岸了。士绅上前寒暄，逐一递呈名片，这才觉得肩背上轻松了些。

"贵处有这样的古迹，光荣之至。设法保存，自是目前紧要的事。"

以东道主自居的李大爷正在肚里斟酌答语,乃郎却抢着说:"我们先去看过观音画像再休息吧。各位急切要赏鉴古美术,想必同意。"

"当然先去看。"

"那末我们往寺里走。"说着,按一按中山服的领圈,像带队的兵官一样在前头大踏步走。

李大爷看儿子脱略礼数,未免暗地咂嘴;但从另一方面想,却大有可以欣慰之处,便堆着笑脸与其他士绅让尊客们先走,说着这里没有车,竹轿太不舒服,只好有劳贵步之类的抱歉话。

二里长的市街一清早由公安分所的

清洁夫打扫干净了,是真扫,也算得干净。各家的盆桶篮子以及卖东西的摊子一律不准沿街摆,街就似乎宽了好多。站岗警察拦住两旁的人,要站成截齐的一线。在这中间,穿长衫的与穿中山服的混合着的行列徐徐经过。随后是捐枪开慢步的二十四名警察。再后是先前在南栅头伸长了脖子看的人们,他们不免嘻嘻哈哈,但是能节制,不至过于放纵,正像迎神赛会时跟在神轿背后走一样。一家布店的伙计低低向站在柜台前的警察说:"你为什么把枪放下了?走在最后的两个穿布长衫的老头子,是鼎鼎有名的委员呢,报上常有他们的照片。"

"真的么？"这念头蓦地在那警察的心头刺戳，他缩回擦额汗的手重又举枪，没想到两个穿布长衫的老头子早已走过了。

"你看，李家的儿子好势威，带了一大批阔人来。"

"他到底当的什么差使？"

"有人说他当了巡按大人了，引得团团二三十里的乡下人都摇船来看，此刻寺场上比年初一还挤，挤到十倍还不止。其实革命时代哪里有什么巡按大人！巡按大人明朝才有，听说书就知道。"

"他的职位总不小吧。"

"没有什么，是什么地方——倒忘记

了——一个调查员。"

"听老李在茶馆里亲口说的么?"

"虽不是老李亲口说,是听老李的妻舅王老三说的,靠得住。"

"就是调查员,将来总有执行委员的巴望,只要看同他一道来的是何等样人物。"是咀嚼着得意风光而吐露出来的叹羡的调子。

寺场上群众又是一阵波动,脑袋的海的波浪汹涌起伏,更比先前厉害。嘈杂的人声凝成压在头顶上的团块。太阳转了西,照见每个脸上都亮光光的像涂了一层油,然而并不显得疲乏;好比看春台戏,是业余的有兴的游乐,晒点儿太阳哪里算一回事?"这回真的来了!"大家受到这样的默示,恍惚地想将要显现在眼前的景象该是这样:李家少爷像戏台上的大官员,穿起不知什么花色的大袍,拂袖,做身段;不是四个便是八个跟班,两旁护卫,手里执着长旗和枪刀,其中一个也许带一支有小流苏的马鞭……

但是,行列到山门时,阵势忽然改变,二十四名警察围成圈子,把闲杂人拦开,让尊客们士绅们走在中心;这不得不靠枪柄的帮助,于是"哎呀!""唷唷!""怎么就打?"种种叫声历乱齐作,而波动也更加扩大,直到大殿的前阶;有些人竟至于脚不点地,身体让别人的身体给抬起来了。

一个老委员低低地叹了一声气;他想起平时说得烂熟的"民众"两个字,明明在民众中间,却给武装的墙把自己同他们分隔开了。然而这只同诗人言愁说恨一样,是淡而又淡的感想;况兼这样的经历,年来已经见惯,再一转念时,也就没有什么。他于是仰起了头,悠然望那山门顶上颇为精工可是残破了的人物浮雕。

另一个老委员随口说:"这里人这么多。"

"是本镇和附近各乡的民众,特地来瞻仰先生们的。"李大爷的儿子想这句话算不得谄媚,可是很得体。

尊客们听了都相信,大家让各地的民众瞻仰过来了,这里的民众当然有他们的一份。

"哪一个呢?"

"哪一个呢?"

"喏,那个穿外国衣裳的。"

"是么?"

"看不见呀!"

眼光从警察的肩头和胁下历乱地射过去,身躯吃饱了枪柄,还是看不真切,圈子里一簇人,不知道谁是有巡按大人身份的李家少爷。看得清楚的是圈子里并没有穿着不知什么花色的大袍、拂袖、做身段的人物；对于这一点，群众颇有点儿爽然。

专家发现了隐在山门背面墙角里的一块碑，要去看，以警察为边缘的整个集团便向墙角移动。碑面长着苔藓，又有积年的尘垢，字迹模糊了。李大爷满不在乎地掏出一方洁白的绸手巾，抢前一步，去擦那石碑。

其他的客人想这位乡绅考古的嗜好竟比专家还胜一筹，在这样的场合，是应该也读一读那模糊的碑文的；便都伛着身躯让眼睛凑近去。

随后是专家的考证和论断,其他诸人的唯唯诺诺。

集团以外的群众是莫名其妙,约略望见这一簇人对着一块破烂石板,你也摸一摸,我也相一相,像发现了珍奇的宝贝。

"他不是高个子呢。"

"好像脸也不见得圆圆的。"

"你说他一只手能管天下百姓的事么?"

"为什么不能?你看他带着一大批老的少的,不管天下事哪里有这许多跟班?"

"穿起外国衣裳总不像个大官府。"

"革命里的官府,派头就是这样,都穿外国衣裳。"

一壁议论,一壁窥伺探望,待发现了心目中以为是李家少爷的人物时,各自贪婪地但又茫然地朝他看个不歇。传说了好几天,盼望了好几天,又在这寺场上等候了大半天的无所为的希望总算达到了,身份好比巡按大人的人物总算看见了。

但是,一个人用冷笑的声音说:"李家少爷哪里有工夫来,来的是他的替身!"

这句话的力量可不小,凡是听到的,心里都疑惑,都失望,"难道李家少爷真不得看见么?"同时又想到丢了田里的活,来这里白站白饿大半天,未免不值得。

这时候,集团分开挤紧的人群向大殿转移。大殿正门像怪物的张开的大口,里面一片乌黑。尊客们士绅们被吞进去时,阵势又一变,二十四名警察当门一字儿排开,代替了栅栏。

"他们进去拜观音菩萨了。"

"拜菩萨去了。"

"……菩萨……"

1929 年 8 月 25 日作

★

多收了三五斗

万盛米行的河埠头,横七竖八停泊着乡村里出来的敞口船。船里装载的是新米,把船身压得很低。齐船舷的菜叶和垃圾给白腻的泡沫包围着,一漾一漾地,填没了这船和那船之间的空隙。

河埠上去是仅容两三个人并排走的街道。万盛米行就在街道的那一边。朝晨的太阳光从破了的明瓦天棚斜射下来,光柱子落在柜台外面晃动着的几顶旧毡帽上。

那些戴旧毡帽的大清早摇船出来,到了埠头,气也不透一口,便来到柜台前面占卜他们的命运。

"糙米五块,谷三块。"米行里的先生有气没力地回答他们。

"什么!"旧毡帽朋友几乎不相信自己的耳朵。美满的希望突然一沉,一会儿大家都呆了。

"在六月里,你们不是卖十三块么?"

"十五块也卖过,不要说十三块。"

"哪里有跌得这样厉害的!"

"现在是什么时候,你们不知道么?各处的米像潮水一般涌来,过几天还要跌呢!"

刚才出力摇船犹如赛龙船似的一股劲儿,现在在每个人的身体里松懈下来了。今年天照应,雨水调匀,小虫子也不来作梗,一亩田多收这么三五斗,谁都以为该得透一透气了。哪里知道临到最后的占卜,却得到比往年更坏的课兆!

"还是不要粜的好,我们摇回去放在

家里吧!"从简单的心里喷出了这样的愤激的话。

"嗤,"先生冷笑着,"你们不粜,人家就饿死了么?各处地方多的是洋米,洋面,头几批还没吃完,外洋大轮船又有几批运来了。"

洋米,洋面,外洋大轮船,那是遥远的事情,仿佛可以不管。而不粜那已经送到河埠头来的米,却只能作为一句愤激的话说说罢了。怎么能够不粜呢?田主方面的租是要缴的,为了雇帮工,买肥料,吃饱肚皮,借下的债是要还的。

"我们摇到范墓去粜吧,"在范墓,或许有比较好的命运等候着他们,有人这么想。

但是，先生又来了一个"嗤"，捻着稀微的短髭说道："不要说范墓，就是摇到城里去也一样。我们同行公议，这两天的价钱是糙米五块，谷三块。"

"到范墓去粜没有好处，"同伴间也提出了驳议，"这里到范墓要过两个局子，知道他们捐我们多少钱！就说依他们捐，哪里来的现洋钱？"

"先生，能不能抬高一点？"差不多是哀求的声气。

"抬高一点儿，说说倒是很容易的一句话。我们这米行是拿本钱来开的，你们要知道，抬高一点，就是说替你们白当差,这样的傻事谁肯干?"

"这个价钱实在太低了,我们做梦也没想到。去年的粜价是七块半,今年的米价又卖到十三块,不,你先生说的,十五块也卖过;我们想,今年总该比七块半多一点儿吧。哪里知道只有五块!"

"先生,就是去年的老价钱,七块半吧。"

"先生,种田人可怜,你们行行好心,少赚一点吧。"

另一位先生听得厌烦,把嘴里的香烟屁股扔到街心,睁大了眼睛说:"你们嫌价钱低,不要粜好了。是你们自己来的,并没有请你们来。只管多啰嗦做什么！我们有的是洋钱，不买你们的，有别人的好买。你们看，船埠头又有两只船停在那里了。"

三四顶旧毡帽从石级下升上来，旧毡帽下面是表现着希望的酱赤的脸。他们随即加入先到的一群。斜伸下来的光柱子落在他们的破布袄的肩背上。

"听听看，今年什么价钱。"

"比去年都不如，只有五块钱！"伴着一副懊丧到无可奈何的神色。

"什么！"希望犹如肥皂泡，一会儿又迸裂了三四个。

希望的肥皂泡虽然迸裂了，载在敞口船里的米可总得粜出；而且命里注定，只有卖给这一家万盛米行。米行里有的是洋钱，而破布袄的空口袋里正需要洋钱。

在米质好和坏的辩论之中，在斛子浅和满的争持之下，结果船埠头的敞口船真个敞口朝天了；船身浮起了好些，填没了这船那船之间的空隙的菜叶和垃圾就看不见了。旧毡帽朋友把自己种出来的米送进了万盛米行的廒间，换到手的是或多或少的一沓钞票。

"先生，给现洋钱，袁世凯，不行么?"白白的米换不到白白的现洋钱，好像又被他们打了个折扣，怪不舒服。

"乡下曲辫子!"夹着一支水笔的手

按在算盘珠上,鄙夷不屑的眼光从眼镜上边射出来,"一块钱钞票就作一块钱用,谁好少作你们一个铜板。我们这里没有现洋钱,只有钞票。"

"那末,换中国银行的吧。"从花纹上辨认,知道手里的钞票不是中国银行的。

"吓!"声音很严厉,左手的食指强硬地指着,"这是中央银行的,你们不要,可是要想吃官司?"

不要这钞票就得吃官司,这个道理弄不明白。但是谁也不想弄明白;大家看了看钞票上的人像,又彼此交换了将信将疑的一眼,便把钞票塞进破布袄的空口袋或者缠着裤腰的空褡裢。

一批人咕噜着离开了万盛米行,另一批人又从船埠头跨上来。同样地,在柜台前迸裂了希望的肥皂泡,赶走了入秋以来望着沉重的稻穗所感到的快乐。同样地,把万分舍不得的白白的米送进万盛的廒间,换到了并非白白的现洋钱的钞票。

街道上见得热闹起来了。

旧毡帽朋友今天上镇来,原来有很多的计划的。洋肥皂用完了,须得买十块八块回去。洋火也要带几匣。洋油向挑着担子到村里去的小贩买,十个铜板只有这么一小瓢,太吃亏了;如果几家人家合买一听分来用,就便宜得多。陈列在橱窗里的花花绿绿的洋布听说只要八分半一尺,女人早已眼红了好久,今天粜米就嚷着要一同出来,自己几尺,阿大几尺,阿二几尺,都有了预算。有些女人的预算里还有一面蛋圆的洋镜,一方雪白的毛巾,或者一顶结得很好看的绒线的小团帽。难得今年天照应,一亩田多收这么三五斗,让一向捏得紧紧的手稍微放松一点,谁说不应该?缴租,还债,解会钱,大概能够对付过去吧;对付过去之外,大概还有多余吧。在这样的心境之下,有些人甚至想买一个热水瓶。这东西实在怪,不用生火,热水冲下去,等会儿倒出来照旧是烫的;比起稻柴做成的茶壶窠来,真是一个在天上,一个在地下。

他们咕噜着离开万盛米行的时候,犹如走出一个一向于己不利的赌场——这回又输了!输多少呢?他们不知道。总之,袋里的一沓钞票没有半张或者一角是自己的了。还要添补上不知在哪里的多少张钞票给人家,人家才会满意,这要等人家说了才知道。

输是输定了,马上开船回去未必就会好多少;镇上走一转,买点东西回去,也不过在输账上加上一笔,况且有些东西实在等着要用。于是街道上见得热闹起来了。

他们三个一群,五个一簇,拖着短短的身影,在狭窄的街道上走。嘴里还是咕噜着,复算刚才得到的代价,咒骂那黑良心的米行。女人臂弯里勾着篮子,或者一只手牵着小孩,眼光只是向两旁的店家直溜。小孩给赛璐珞的洋团团,老虎,狗,以及红红绿绿的洋铁铜鼓,洋铁喇叭勾引住了,赖在那里不肯走开。

"小弟弟,好玩呢,洋铜鼓,洋喇叭,买一个去。"故意作一种引诱的声调。接着是——冬,冬,冬,——叭,叭,叭。

当，当，当，——"洋瓷面盆刮刮叫，四角一只真公道，乡亲，带一只去吧。"

"喂，乡亲，这里有各色花洋布，特别大减价，八分五一尺，足尺加三，要不要剪些回去？"

万源祥大利老福兴几家的店伙特别卖力，不惜工本叫着"乡亲"，同时拉拉扯扯地牵住"乡亲"的布袄；他们知道唯有今天，"乡亲"的口袋是充实的，这是不容放过的好机会。

在节约预算的踌躇之后，"乡亲"把刚到手的钞票一张两张地交到店伙手里。洋火，洋肥皂之类必需用，不能不买，只好少买一点。整听的洋油价钱太"咬手",不买吧,还是十个铜板一小瓢向小贩零沽。衣料呢,预备剪两件的就剪了一件,预备娘儿子俩一同剪的就单剪了儿子的。蛋圆的洋镜拿到了手里又放进了橱窗。绒线的帽子套在小孩头上试戴,刚刚合适,给爷老子一句"不要买吧",便又脱了下来。想买热水瓶的简直不敢问一声价。说不定要一块块半吧。如果不管三七二十一买回去,别的不说,几个白头发的老太公老太婆就要一阵阵地骂:"这样的年时,你们贪安逸,花了一块块半买这些东西来用,永世不得翻身是应该的!你们看,我们这么一把年纪,谁用过这些东西来!"这啰嗦也就够受了。有几个女人拗不过孩子的欲望，便给他们买了最便宜的小洋团团。小洋团团的腿臂可以转动，要他坐就坐，要他站就站，要他举手就举手；这不但使拿不到手的别的孩子眼睛里几乎冒火，就是大人看了也觉得怪有兴趣。

"乡亲"还沽了一点酒，向熟肉店里买了一点肉，回到停泊在万盛米行船埠头的自家的船上，又从船梢头拿出盛着咸菜和豆腐汤之类的碗碟来，便坐在船头开始喝酒。女人在船梢头煮饭。一会儿，这条船也冒烟，那条船也冒烟，各个人淌着眼泪。小孩在敞口朝天的空舱里跌跤打滚，又捞起浮在河面的脏东西来玩，唯有他们有说不出的快乐。

酒到了肚里，话就多起来。相识的，不相识的，落在同一的命运里，又在同一的河面上喝酒，你端起酒碗来说几句，我放下筷子来接几声，中听的，喊声"对"，不中听，骂一顿：大家觉得正需要这样的发泄。

"五块钱一担，真是碰见了鬼！"

"去年是水灾，收成不好，亏本。今年算是好年时，收成好，还是亏本！"

"今年亏本比去年都厉害；去年还粜七块半呢。"

"又得把自己吃的米粜出去了。唉，种田人吃不到自己种出来的米！"

"为什么要粜出去呢,你这死鬼!我一定要留在家里,给老婆吃,给儿子吃。我不缴租,宁可跑去吃官司,让他们关起来!"

"也只好不缴租呀。缴租立刻借新债。借了四分钱五分钱的债去缴租,贪图些什么,难道贪图明年背着更重的债!"

"田真个种不得了!"

"退了租逃荒去吧。我看逃荒的倒是满写意的。"

"逃荒去,债也赖了,会钱也不用解了,好打算,我们一块儿去!"

"谁出来当头脑?他们逃荒的有几个头脑,男男女女,老老小小,都听头脑的话。"

"我看，到上海去做工也不坏。我们村里的小王，不是么？在上海什么厂里做工，听说一个月工钱有十五块。十五块，照今天的价钱，就是三担米呢！"

"你翻什么隔年旧历本！上海东洋人打仗，好多的厂关了门，小王在那里做叫化子了，你还不知道？"

路路断绝。一时大家沉默了。酱赤的脸受着太阳光又加上酒力，个个难看不过，好像就会有殷红的血从皮肤里迸出来似的。

"我们年年种田，到底替谁种的？"一个人呷了一口酒，幽幽地提出疑问。

就有另一个人指着万盛的半新不旧的金字招牌说:"近在眼前,就是替他们种的。我们吃辛吃苦,赔重利钱借债,种了出来,他们嘴唇皮一动,说,'五块钱一担!'就把我们的油水一古脑儿吞了去!"

"要是让我们自己定价钱,那就好了。凭良心说,八块钱一担,我也不想多要。"

"你这囚犯,在那里做什么梦!你不听见么?他们米行是拿本钱来开的,不肯替我们白当差。"

"那末,我们的田也是拿本钱来种的,为什么要替他们白当差!为什么要替田主白当差!"

"我刚才在廒间里这么想:现在让你们占便宜,米放在这里;往后没得吃,就来吃你们的!"故意把声音压得很低,网着红丝的眼睛向岸上斜溜。

"真个没得吃的时候,什么地方有米,拿点来吃是不犯王法的!"理直气壮的声口。

"今年春天,丰桥地方不是闹过抢米么?"

"保卫团开了枪,打死两个人。"

"今天在这里的,说不定也会吃枪。谁知道!"

散乱的谈话当然没有什么议决案。酒喝干了,饭吃过了,大家开船回自己的乡村。船埠头便冷清清地荡漾着暗绿色的脏水。

第二天又有一批敞口船来到这里停泊。镇上便表演着同样的故事。这种故事也正在各处市镇上表演着,真是平常而又平常的。

"谷贱伤农"的古语成为都市间报上的时兴标题。

地主感觉收租棘手,便开会,发通电,大意说:今年收成特丰,粮食过剩,粮价低落,农民不堪其苦,应请共筹救济的方案。

金融界本来在那里要做买卖,便提

出了救济的方案：（一）由各大银行钱庄筹集资本，向各地收买粮米，指定适当地点屯积，到来年青黄不接的当儿陆续售出，使米价保持平衡；（二）提倡粮米抵押，使米商不至群相采购，造成无期的屯积；（三）由金融界负责募款，购屯粮米，到出售后结算，依盈亏的比例分别发还。

工业界是不声不响。米价低落，工人的"米贴"之类可以免除，在他们是有利的。

社会科学家在各种杂志上发表论文，从统计，从学理，提出粮食过剩之说简直是笑话；"谷贱伤农"也未必然，谷即使不贱,在帝国主义和封建势力双重压迫之下,农也得伤。

这些都是都市里的事情,在"乡亲"是一点也不知道。他们有的粜了自己吃的米,卖了可怜的耕牛,或者借了四分钱五分钱的债缴租;有的挺身而出,被关在拘押所里,两角三角地,忍痛缴纳自己的饭钱;有的沉溺在赌博里,希望骨牌骰子有灵,一场赢它十块八块;有的求人去说好话,向田主退租,准备做一个干干净净的穷光蛋;有的溜之大吉,悄悄地爬上开往上海的四等车。

1933 年 6 月作

★

我们的骄傲

我们四个四十五以上的人一路走着,谈着幼年同学时候的情形:某先生上理科,开头讲油菜,那十字形的小黄花的观察引起了大家对自然界的惊奇；某先生教体操，说明开步走必须用力在脚尖上，大家听了他的话，连平时走路也是一步一踢的了；为了让厨夫受窘，大家相约多吃一碗饭，结果饭桶空了，添饭的人围着饭桶大声叫唤，个个露出胜利的笑容；为了偷看《红楼梦》一类的小说，大家把学校发给的蜡烛省下来，到摇了息灯铃，就点起蜡烛来，几个人头凑头地围在一起看，偶尔听到老鼠的响动，以为黄先生查寝室来了，急忙吹灭了蜡烛，伏在暗中连气也不敢透……

重庆市上横冲直撞的人力车以及突然窜过的汽车，对于我们只像淡淡的影子。后来我们拐了弯，走着下坡路，那难走的坡子也好像没有什么了。我们的心都沉没在回忆里，我们回到三十多年以前去了。

邹君拍着戈君的肩膀说："还记得吗？那一回开恳亲会，你当众作文。来宾出了个题目，你匆忙之中看错了，写的文章牛头不对马嘴。散会之后，先生和同学都责备你，你直哭了半夜。"

戈君的两颊已经生满浓黑的短须，额上也有了好几条皱纹，这时候他脸上显出童稚的羞惭神情，回答邹君说："你也哭了的，你当级长，带领我们往操场上运动，你要踢球，我们要赛跑。你因为大家不听你的号令，就哭到黄先生那儿去了。"

"黄先生并不顶严厉，可是大家怕他；怕他又不像老鼠见了猫似的，是真心地信服他。"孙君这么自言自语，似乎有意把话题引到别的方面去。

我就接着说："他的一句话不只是一句话，还带着一股深入人心的力量，所以能叫人信服。我小时候常常陪父亲喝酒，有半斤的酒量，自从听了黄先生的修身课，说喝酒有种种害处，就立志不喝，一直继续了三年。在那三年里，真是一点一滴也没沾唇。"

"教室里的讲话能在学生生活上发生

影响，那是顶了不起的事。"当了十多年中学校长的孙君感叹地说。

我们这样谈着走着，不觉已到了黄先生借住的那所学校。由校工引导，走上坡子，绕过了两棵黄桷树，校工指着靠左的一间屋子，含糊地说了一句什么，就转身走了。我们敲那屋子的门。

门开了，"啊，你们四位，准时刻来了，"那声音沉着有力，跟我们小时候听惯的一模一样，"咱们多年不见了。你们四位，往常也难得见面吧？今天在这儿聚会，真是料想不到的事。"

我在上海跟黄先生遇见，还在十二三年以前，那十二三年的时间加在黄先生身上的痕迹，仅仅是一头白发，一脸纤细的皱纹。他的眼光依然那么敏锐有神，他的躯干依然那么挺拔，岂但跟十二三年前没有两样，简直可以说三十多年来没有丝毫改变。我这么想着，就问他一路跋涉该受了很多辛苦吧。

黄先生让我们坐了，就叙述这回辗转入川的经历。他说在广州遇到了八次空袭，有一次最危险了，落弹的地点就在两丈以外，他在浑忘生死的心境中体验到彻底的宁定。他说桂林的山好像盆景，一座一座地拔地而起，形状尽有奇怪的，可惜没有千岩万壑莽莽苍苍的气概，就只能引人赏玩，不足以移人神情了。他说在海棠溪小茶馆里躲避空袭，一班工人不知道利害，还在呼幺喝六地赌钱，他就给他们讲，叫他们非守秩序不可。

他说得很多，滔滔汩汩，有条理又有情趣，也跟三十多年前授课时候一个样儿。

等他的叙述告个段落，邹君就问他从家乡沦陷直到离开家乡的经过。

"我不能不离开了，"他的声音有些激昂，"我是将近六十的人了，不能像他们一样，糊糊涂涂的，没有一点儿操守。我宁肯挤在公路车里跑长途，几乎把肠子都震断；我宁肯伏在树林里避空袭，差不多把性命跟日本飞机打赌；我宁肯两手空空，跑到这儿来，做一个无业难民；我再不愿留在家乡了。"

听到这儿，我才注意那个房间。以前大概是阅报室或者学生自治会的会议室吧，一张长方桌子七八个凳子以外，就只有黄先生的一张床铺，床底下横放着一只破了两个角的柳条提箱；要是没有窗外繁密的竹枝，那个房间真太萧条了。

黄先生略微停顿了一下，就从家乡沦陷的时候说起。他说那时候他在乡间，办理收容难民的事，一百多家人家，男女老少一共四百多人，总算完全安顿停当了,他才回到城里。于是这个也来找他了,那个也来找他了,要他出来参加维持会。话都说得挺好听,家乡糜烂,不能不设法挽救啊,不入地狱,谁入地狱啊,无非那一套。他的回答非常干脆,他说:"人各有志,不能相强。你们要这么做,我没有那种感化力量叫你们不这么做,可是我决不跟着你们这么做。"接着他愤慨地说:"这些人都是你们熟悉的,都是诗礼之家的人物,在临到考验的时候,他们的骨头却软了,酥了。我现在想,越是诗礼之家的人物,仿佛应着重庆人的一句话,越是'要不得'!"

一霎间我好像看见了家乡那些熟悉

的人的状貌，卑躬屈节，头都抬不起来，尴尬的笑脸对着敌人的枪刺。"在他们从小到大的教养之中，从来没有机会知道什么叫作民族吧。"我这么想着，觉得黄先生对于诗礼之家的人物的感慨是切当的。

黄先生又说拒绝了那些人的邀请以后，他们好像并不觉得没趣，还是时常跟他纠缠不清。县政府成立了，要请他当学务委员，薪水多少；省政府成立了，要请他当教育厅科长，薪水多少；原因是他以前当过省督学多年，全省六十多县的教育界人物，没有谁比他更熟悉的了。他为避免麻烦起见，就在上海一个教会女学校里担任两班国文；人家有职务在这儿，你们总不好意思再来拖三拉四的了。于是他到上海去，咬紧了牙对城门口的日本兵鞠躬，侧转了头让车站上的日本兵检验良民证。说到这儿，他掏出一个旧皮夹子，从里边取出一张纸来授给我们看，他说："你们一定想看看这东西。这东西上贴得有照片，我算是米店的掌柜，到上海办米去的。你们看，还像吗？"

我们四个传观之后，良民证回到黄先生手里。黄先生又授给孙君说："送给你吧。你拿到学校里去，也可以叫你的学生知道，现在正有不知多少同胞在忍辱受屈，让敌人在身上打着耻辱的戳记！"

孙君接了，珍重地放进衣袋里。黄先生又说他到了上海以后，半年中间，教书很愉快，那些女学生不但用心听课，还知道现在是个非常严重的时代，一个人必须在书本子以外懂些什么，做些什么。但是，在两个月之前，纠缠又来了，上海的什么政府送来了一份聘书，请他当教育方面的委员，没有特定的事务，只要在开会的时候出几回席，尽不妨兼任，月薪两百元。事前不经过商谈，突然送来了聘书，显而易见的，那意思是你识抬举便罢，要是说半个不字，哼，那可不行!

"我不能不走了。我回想光绪末年的时候,一壁办学校,一壁捧着教育学心理学的书本子死啃,穷,辛苦,都不当一回事,原来认定教育是一种神圣的事业,它的前程展开着一个美善的境界。后来我总是不肯脱离教育界,缘故也就在此。我怎么能借了教育的名义,去叫人家当顺民当奴隶呢!我筹措了两百块钱,也不通知家里人,就跨上了开往香港的轮船。"

"我们有黄先生这样一位老师,是我们的骄傲!"戈君激动地说着,讷讷然的,说得不很清楚。

我心里想，戈君的话正是我要说的。再看黄先生，他那敏锐的眼光普遍注射到我们四个，脸上现出一种感慰的神情。他大概在想我们四个都知道自好，能够做点儿正当事情，还不愧为他的学生吧。

1940 年 3 月 5 日作

★

皮　包

赵科员嘴唇上黏着枝烟卷。窗口伸进来斜方柱体的阳光。一缕烟穿过那斜方柱体，懒懒地往上袅。

两只麻雀唧唧喳喳赶了进来。来回飞了一阵子,便歇在竹椽上,啄那盖屋顶的稻草。尘埃往张书记的后脑勺直撒,因为他低着头在检他的抽屉。

"讨厌,"张书记推上抽屉,站起来,两手掸后脑勺,刚剪了发似的。

屋子里响着嗡嗡之声,可是看不见蜜蜂。

王科员打个呵欠。

丁书记传染了,也打个呵欠。

薄板门呀地开了,黄科长挺了进来。

赵科员把烟卷吐到地上,伸出一只脚踩着。他的眼睛斜过去,尽在黄科长身上搜索。他觉得黄科长有些异样,可是找不出异样在哪儿。高个子,稍稍凸起的腹部,红红的脸,两条浓眉毛,往后直梳的头发,一身半新不旧的藏青哔叽中山装,都跟平日一模一样。

"丢了!"黄科长突然叫起来,眼睛直瞪着垂下的右臂,左手拉着藤椅子的靠背。

"什么?"王科员站起半截,"科长。"

"我的皮包丢了!"

"唔,"赵科员点了点头,恍然领悟。

屋子里八九双眼睛都朝黄科长看。又朝黄科长的办公桌看。右角上没有了那熟识的装得饱饱的黑皮包,有些儿寂寞似的,仿佛不像一张办公桌了。

"怎么丢了的？科长。"王科员站直了，走到黄科长右半边，稍稍偏后些。

"让我想一想。"黄科长的左手移到前额，右臂依然垂下，手心向上，像托着个皮包的样子。

"也许是在科长公馆里，没有带出来。"丁书记悄悄地说。

"哪有这回事！"黄科长看定丁书记说，"我办公办了二十年，从来不曾离开我的皮包，怎么会没有带出来呢？"

"也许是在主任室或者二科三科里。"

"哪有这回事！我进了门一径来到这儿。"

"那么，"丁书记红了脸，不再说

下去。

"拜访了朱委员出来,皮包在手里。公园里转了个圈儿,皮包在手里。公园门口坐上黄包车,皮包也在手里。"

"科长坐了黄包车?"王科员说。

"包车送两个孩子上学去了。为要拜访朱委员,等不及,就坐了黄包车。"

"那一定留在黄包车上了,"王科员说,"来!公差。"

薄板门呀的一声,进来个穿一件灰布军服的公差。

"报告:什么事?王科员。"

"你赶快到门前去,看科长坐来的黄包车还在不在。如果不在,你去追,卫兵也去追。把他拉回来。"

"是。"

薄板门又是呀的一声。

赵科员也站了起来,走到黄科长左半边。

"科长记不记得那黄包车的号头?"

"看也没看,怎么会记得?我又不是才上城来的乡巴佬。"

"记得号头就好了,"赵科员惋惜地说,"按照号头查,保证查得到。"

"咱们给警察局关照一声。"黄科长说。

"那当然得关照,"赵科员说,"不过号头……"

《多收了三五斗——叶圣陶经典赏析》
湖南少儿出版社 2011 年

黄科长颓然坐下,朝办公桌的右角上溜了一眼,那儿只有几本土纸的公报和杂志。他把藤椅子移动一下,回转头望那扇薄板门。

王科员、赵科员回到自己的座位上。张书记、丁书记还有三个书记磨起墨来。还有几个科员翻开了早就搁在手边的卷宗。

两只麻雀又在屋子里追赶一阵子,从赵科员右手边的窗口飞出去了。

公差回来了,直喘着气,朝王科员那边走。

"追到没有?"黄科长把他叫住。

"报告:"公差咽了一口口水,"走到

门口,科长坐来的黄包车不在了。"

"那么你去追?"

"报告:"

"糟糕!咱们不是军队,不说'报告'行不行?"

"报告:在军队里说惯了,科长。——科长坐来的黄包车不在了,我拔脚就追,往那边儿追。卫兵往那边儿追。往头里跑的黄包车也有十来挂,可不知道哪一挂是科长坐来的。"

"你就回来了?"

"报告:是的。"

"你去打个电话给警察局,说我的皮包丢了,在一挂黄包车上。各局警察须要留心侦察,在最短期间取回原物。听清楚了没有?你说一遍我听。"

"报告:我去打个电话给警察局,说黄科长的皮包丢了,在一挂黄包车上。各局警察须要留心侦察,在最短期间取回原物。"

"对了,去吧。"

张书记磨好了墨,拉开抽屉取写件。

"这么个皮包,按照现在的市价,值到五百块呢。"他这话仿佛说给抽屉听的。

"哪止五百块,"丁书记说,同时修剔他的笔毛,"前些日子我走过一家皮件店,看见个教授模样的人在买皮包。店家说是纹皮,其实哪儿是。绷硬的,稀粗的,比起科长那皮包来,差远了。你知道卖多少?"

"多少?"

"七百五十块,定价,没有少。"

"我的皮包确实是好纹皮,"黄科长说,右手摸着下巴,眼睛望着屋顶,一副回忆好梦的样子。"在上海先施公司买的,才只有六块半钱。用了这么些年头,还没有走样。"

"这么好的一个皮包,丢了太可惜了,"王科员说,"非责成警察局取回来不可。"

"皮包倒没有什么可惜,再买一个就

是。只是一些文件都在里头,一些重要文件,随时要查的,丢了怎么行!"

黄科长的声调有些激昂。屋子里八九双眼睛都朝他看,又朝办公桌右角上几本土纸的公报和杂志看,同时拟想黄科长平时开皮包查文件的情形,似乎非常生疏。他们只记得皮包随了黄科长进来,静静地躺在那儿,又由黄科长带了出去,每天如此。

"什么都不丢,偏偏丢了重要文件!"黄科长责备谁似的说。

"科长,"赵科员站起半截,"我们的签呈……"

"什么?"

"我说昨天我们交上来的签呈,关于今天处务会报本科的提案的,在不在科长的皮包里?"

"没有,"黄科长坚决地说,"我记得放在抽屉里。"

他拉开右手边上面那个抽屉,在送文簿、公用信封信笺、《大公报》、《中央日报》以及横斜放着的一沓来信之间一阵子找,没有。又拉开下面那个抽屉,只见个中国茶叶公司建国茶的纸匣儿,还有十来颗老鼠粪。于是检点左手边两个抽屉,也没有。

"哪里去了?"

最后他看桌面。笔筒,铅笔,毛笔,

砚台，水盂，热水瓶，茶杯，裁纸刀，几本土纸的公报和杂志，一层细细的尘埃，哪儿有什么签呈。

"你们重写一遍吧，"他说，"处务会报是下午两点，你们得马上写。"

"是。"赵科员坐下，跟左手边的同僚嘁嘁喳喳讨论起来。

"王科员，"黄科长说。

王科员站起来，斜转身子朝黄科长。

"你代我写篇演说辞。今天下午六点，华中大学同学会开大会。我是老同学，得宣读一篇演说辞。稿子已经写好，可是在皮包里。这会儿没有工夫重写，你替我写了吧。"

"是。同学会……"

"只要说同学会的宗旨在联络感情。现在的社会,单枪匹马,各干各的,是不行了。须要同学们团结起来才是。无非是这么个意思。"

"不用很长吧?"

"有个三四千字也就够了。"

"是,三四千字。"王科员塌地坐下,像有一只无形的大手压着他似的。

张书记回头看了看黄科长,站起来,拿张便笺送到黄科长桌子上。

"科长,本周已办未办文件的数目。"

"已办三十四件,未办一百零六件,唔。"

"科长,昨天下午,二科李科长找科长来了。"

"做什么?"

"他说上个月请科长会签意见的那份工作计划书,昨天主任曾经问起过。"

"喔,那份工作计划书。"

四个抽屉又被搜索一遍,没有那份工作计划书。桌子上显然也没有。

"大概在我的皮包里,"黄科长稍稍有些颓唐,"早不丢,迟不丢,正好今天丢了!"

张书记没有什么说的,搔搔头皮,回他的座位。

灰布军服的公差一本正经走进来。

"报告科长：门口卫兵说，他想起来了。"

"警察局的电话打了？"

"报告：打了。打了三回才打通。头一回，有人讲话，线不空。第二回……"

"别说了。你说门口卫兵怎么样？"

"报告：他想起来了。刚才科长下了黄包车，黄包车拖走了，他把车背后一个怪字认了一眼。"

"什么怪字？"

"报告：他说那个字怪生，把它认了一眼，可是不相识。像个复兴的兴字，中间可不一样，是个黄包车的车字。"

"是舆字，"几个声音一齐说。

"一定查得到了,"赵科员兴奋起来,放下了笔,"那是舆新车行的车子。他们有几挂车子,哪个号头哪个车夫拉,一查就是。"

"舆新车行在哪儿?"黄科长说,他的眼睛发亮。

"科长,"赵科员把椅子往后一推,站起来说,"让警察局去办好了,他们方便。我认识一个白警官,这件事儿归我负责。"

"费你的心,"黄科长点点头,嘴角边透露着笑意,身子往后靠,贴着藤椅子的靠背。

一条阳光从稻草屋顶斜穿进来,筷

子那么粗细，落在黄科长头发往后直梳的圆脑袋上。

第二天早晨，白警官闯进赵科员的办公室，跟赵科员拉手。

"找到了？仰仗，仰仗！"赵科员一眼就认出他的老朋友——油光光的，饱鼓鼓的，由两条皮带捆住，是黄科长的皮包，现在正在白警官的左手里。

"找到了，"白警官挺挺胸，右手按着风纪扣，"昨天派巡长去告诉舆新车行说，这儿黄科长的皮包丢了，就在他们行里的一挂车子上。得原封不动送回，不能少一张纸片儿。若说半个不字，别再想营业了。"

"他们果然送回了?"

"不送回,他们哪里敢!晚上八点光景,老板来了,说那个车夫老实,捡了皮包开也没开,就交到行里。"

"仰仗,仰仗!我们科长……"

"到底开了没有,谁知道。咱们检点一下吧。要是少了什么,再去问老板。"

白警官把皮包放在赵科员的桌子上,解了皮带,两半边摊开。

屋子里几个签了到的人都走过来,围住白警官看,看戏法似的。

白警官在皮包的左半边一掏,又在右半边一掏,里面的东西全掏出来了。他把瘪皮包搁在一边,开始检点那些东西。

三本《法学通论讲义》，叠起来有两寸多厚，油印的，缮印技术不高明，乌一搭花一搭的。

一本张恨水的《啼笑姻缘》，封面撕掉半边，脊封裂了，下方书角大都折转。

三封没有发出的信，一封毛笔写，两封钢笔写，都封了口，贴上了八分的邮票。

十多封来信，各式的字写着黄科长的姓字或职衔，开口处错落不齐，是随手撕的。

一封电报，写着"敦聘台端为训育主任，薪津五百，米五斗，电复。"

一沓人家的名片，大小不一律，纸质也不一律，右上方至少有一行职衔。

两方用过了没洗的手绢。

一本任毕明的《社会大学》，有几页上，歪斜地画着红铅笔的线条。

一沓折皱了的公用信笺。

两张电影说明书，一张是《大独裁者》，一张是《华清春暖》。

一张华中大学的毕业证书，铜版纸转成烟叶的颜色，折转的处所有些破裂了。

一本胡小岩的《服务要义》，一本黄鹿鸣的《最新公文程式详释》，封面上都写着"敬求教正"。

二三十张便笺,有写了几行字的,有写了十来个两三个字的,也有一个字也没写的。

一份工作计划书,工楷缮写,一笔不苟,有这么三四十页。

"这就是昨天主任问起的了。"张书记自言自语。

"不是的。"丁书记说。

"怎么不是?"

"你看纸角上刻的是不是咱们的机关?"

白警官检点完毕,做个手势,说:"都在这儿了。倘若少什么,我再派人去查。"

"太费心了。"赵科员说。

"赵科员托我,又是这儿黄科长的事儿,应当效劳。我走了。"

赵科员送走白警官,回进来,看戏法的同僚已经各归原位,在谈着关于取回皮包的感想。他就把所有东西装进皮包,按照原来的次序。

薄板门呀的一声,黄科长挺了进来的时候,赵科员双手捧了皮包迎上去。

"科长,皮包回来了。刚才白警官亲自送来的。"

"居然找到了。"黄科长接皮包在手。

"里面的东西,白警官检点过了,请科长自己也检点一下。倘若少了什么,他说他再派人去查。"

黄科长略微皱了皱眉头,解开皮包大略一看。

"没少什么。"他说。就把皮包放上老位置,压着那几本土纸的公报和杂志。

屋子里八九双眼睛都朝黄科长看,又朝科长的办公桌看。仿佛觉得这才像个科长,像张办公桌了。

1943 年 4 月 4 日作

邻舍吴老先生

一天早晨,太阳很好,可没见同院的吴老先生出来晒他的手提皮箱。一打听知道他病倒了。说是病其实不大贴切,既不发烧,又没什么痛楚,不过头脑有些儿发胀,胸口有些儿发闷,就懒得起来。他那儿子任夫先生,一个公务员,对我解释道:"只为昨天表兄来了,随随便便说了一句话。"

"什么话呢?"

"家父问他家乡情形怎么样,他说秩序还不错,地方上跟日本人处得很好,日本人常常说,你们这儿的人是最出色的中国人。就是这么一句话。"

"他老先生听了怎么说?"

"他听了闭上眼睛皱着眉,不说什么。半晌才看定了我,'我决意做迁川第一世祖了。'他说,'最出色的中国人,日本人亲口评定的，咱们不能跟他们一伙儿住。我是老了，无所谓，你还年轻，还有小林儿，我希望你们的骨头有些斤两。四川也好，就住四川吧。往后有人问你贵处哪儿，你就说敝籍四川。千万不要把家乡的名儿说出来，打这会子起，我对家乡的名儿感到羞愧，我不好意思再说我是某地方人。'他老人家说了这些话，到夜就没有吃晚饭。"

"他老先生原是最巴望回去的，听说成渝铁路又将动工他高兴，听说盟国在计划发展民航事业他高兴，今儿胜利等不到明儿动身似的。"

"你看他见着太阳总不忘晒他的手提

皮箱,只怕动身日子一到,为了晒皮箱耽搁。"

"他老先生真的就横了心,不想回去了吗?"

"我想也不过说说罢了。昨天他说了,我当然顺着他,说做四川人也好。到那一天把日本人赶了出去,我们还不是钻头觅缝想办法,最好挤上头一班下水船?我们为什么不回去?你想,人家是动也没动一动,死守在本乡本土,当顺民,当小汉奸,到了那个时候,你们哪儿还说得嘴响?我们可完全不一样,我们是吃尽辛苦,跑了几千里路,跟着政府内迁的,我们是义民——谁说的,一下子想不起来了。总之没有错，我们是义民。地方上有什么事啊务的，还不该由我们来承担？就是说两句公众话，我们的当然也特别有力量。我们为什么不回去？"

我虽然跟他们吴氏父子一样，家乡还在沦陷中，自己是寄寓在四川，可没有想到将来回去可以享受特殊权益，像任夫先生说的。我想这个想头有些妙，一时说不下去，只见任夫先生嫌他的身材不够高似的，狠狠地挺了一挺。

两天过去，吴老先生好了，可是从此以后，太阳虽好，再没见他晒他的手提皮箱。廊沿前他种着两盆石斛，以前几乎见我一回说一回，石斛这东西滋阴，清内热，煎汤喝是最妙的饮料，回去的时候一定要带着走，哪怕多花些脚力，川石斛，在下江是太名贵了，这些话现在他也不再说了。

他改变了不出门的习惯，正月初七游草堂寺，春二三月青羊宫赶花会，四月初八望江楼看放生，有什么应景的名目他都要去看看。回来就气吁吁地躺在廊下那张竹榻上，见着我或是他儿子，往往说："成都确也不错，成都确也不错……"有时还加上说："只是菜吃不惯，吃了足足六个年头还没有惯，样样要加些花椒面和辣子，还有葱蒜，简直是跟舌头鼻子为难。"

门前有挑着树苗卖的,随便讲价讲成了,他老先生买了两株橘树苗。他叫他儿子种在院子里,他在一旁相度,两株该距离多少远将来才可以各自发展。种停当了,他坐下来,自言自语道:"开花,总得七八年,结果,总得十来年吧。不过没关系,反正有人闻它的花香,吃它的橘子就是了。"

从橘子谈到了四川省的水果。他说除了橘子、广柑、苹果、龙眼以外,其他都不好吃,尤其是枇杷,一层厚皮包着几颗核儿,单单忘了长肉。他说他们家里有两株大枇杷树,每年结上五六担,红毛白沙,个儿有核桃大,甜得胜过冰糖,冰糖没有它那股鲜味。他说现在是采枇杷的时令了。

他沉默了一会儿,突然朝我说:"叶先生,古人说到处为家,你看是不是有些道理?"

"人不比树木,树木生根在地里,移动不得,人当然可以到哪儿住哪儿。"我迎合老先生的意思。

"你看,这儿四川这么多人,打听他们的祖先,都是旁的地方来的。他们来了,住下了,一样在这儿成立了家室,长养了子孙。"

任夫先生朝我看看,同时擦掉他手

掌心的土。

吴老先生低下头,喃喃地念着不知道哪儿来的文句:"其俗柔靡,人轻节义……"

1944年5月5日作

辞 职

一天黄昏时分,刘博生来了,带来个破皮箱,说改行了,那个皮箱带着麻烦,准备寄存在我这儿。

"已经辞了职吗？"

"辞了。前星期就跟您说过，要不依从他的意思，拿他分给我的二十万，就只有走路。你要保住清白，又要继续干下去，那是不可能的。他会把你看成眼中的钉，心中的仇敌，借个什么名儿把你开除了，才倒霉呢。不如早些辞职，落得干净，让他也觉得痛快。"

刘博生是个会计员，干了两年，没出什么毛病。今年他那个所里调任了个新主任，看他年纪轻轻，不声不响，每天八个钟头的办公时间内，不写私信，不看小说，总是弄那些阿拉伯数字，拨他的算盘珠儿，就中意了他。曾经找他谈过话,说:"你靠得住,我知道。旁人也许要调动,你的位置是牢靠的,安心做事就是了。"刘博生听了自然高兴,不免格外熬好,办公时间内有若干放不下手的事情,就带回宿舍里去做,宁可牺牲了杂志和小说的阅读。约摸过了一个多月,主任又找他了。起初是闲谈,问他的家世,问他的生活状况,又说到物价飞涨,公务员一些薪津实在没法维持,对于他那身补了好几处的灰布学生服以及那双张开了嘴的皮鞋,表示十分同情,说应该换穿新的才好。最后才来了正文,说所里有八十几万的积余,白白缴出去也是呆,不如把它开销了,只要账目做得仔细，神不知鬼不觉的。他愿意分二十万给刘博生，说也可以补贴补贴，缝几身衣服，买一双新皮鞋。刘博生一时回答不上来，主任又提醒他说："这算不得一回事，有麻雀子的地方都有。况且，账是你做的，你要做得怎样周到就怎样周到，那些办事员全是女孩子家，什么也不懂得，哪儿会有漏子让人家找出来？"后来刘博生把这个事儿告诉我，他说他也知道自己干得来，可是不知道怎么的，他总不愿意干。也不是怕坏了声名，也不是怕吃官司，只觉得干了就像掉在一个深坑里，一辈子也爬不起来。又说他原以为这类事儿好比故事里的魔窟，实际上不会碰到的，谁知道又真实，又切近，就在自己身边，主任说的不错，"有麻雀子的地方都有"，使他觉得害怕。我听了他的话肃然起敬，像对于一切认得清义利之辨的人一样，因而夸奖他几句，说不干自然是一千个对，一万个对。可是主任催他来了，问他到底同意不同意，言语之间带着威胁的意味，同意，到手二十万，不同意，亏有你吃的。刘博生也想过把这件事宣扬开来，但是一转念间就知道行不通；自身抓在人家手里，哪儿分得清个青红皂白？于是来了退缩的想头，辞职。他把这个想头告诉我，是前个星期天，现在他果然辞职了。

我问道:"所长就一口答应了你?"

"所长问到主任,主任没说别的,只说'让他辞了也好',所长就批准了。今天下办公室的时候,我向主任告辞。他似乎关心似乎不关心地看了我一眼,那一眼藏着许多的话,'你傻子!''你不识抬举!''你熬好,要清白!''你道我没有了你就干不成事!'诸如此类。"

"他的愿望总之可以达到的,"我说,"只要你的后任随和些,没有你那股傻劲儿。"

"后任已经来了,不然我怎么能够办了交代跑出来?是主任的同乡,听说还关些亲,一个能说能笑的漂亮人物。"

"那就得其所哉了。"

"我也明明知道我这么做毫不彻底。无论如何,那八十几万的积余总之不是公家的了,我不帮他拿,自有人帮他拿。不过我总算对他表示了抗议,虽然没有什么实际效果,至少叫他感到一丝一毫的不痛快。就是这一丝一毫的不痛快,不能说对他绝无影响。同时,我也代表了许许多多的人警告了他。他不要以为有麻雀子的地方尽是些与他一路的货色,要知道比较正派的人到底还有,例如我。"

我听了刘博生这些话想得很远,转过话头问他道:"现在你准备往哪儿去?"

"一个同学在外县中学里当教务主任,他招我去教数学。我想学校总该好一些,跟一班少年在一块儿,该不会有那种不三不四的事儿吧。"

我想说话,可是止住了,只点点头,暂时维持他的想望。

1944 年 5 月 13 日作

★

春联儿

出城回家常坐鸡公车。十来个推车的差不多全熟识了,只要望见靠坐在车座上的人影儿,或是那些抽叶子烟的烟杆儿，就辨得清谁是谁。其中有个老俞，最善于招揽主顾，见你远远儿走过去，就站起来打招呼，转过身子，拍拍草垫，把车柄儿提在手里。这就教旁的车夫不好意思跟他竞争，主顾自然坐了他的。

老俞推车，一路跟你谈话。他原籍眉州，苏东坡的家乡，五世祖放过道台，只因家道不好，到他手里流落到成都。他在队伍上当过差，到过雅州和打箭炉。他做过庄稼，利息薄，不够一家子吃的，把田退了，跟小儿子各推一挂鸡公车为生。大儿子在前方打国仗，由二等兵升到了排长，隔个把月二十来天就来封信，封封都是航空挂。他记不清那些时常改变的地名儿，往往说："他又调动了，调到什么地方——他信封上写得清清楚楚，下回告诉你老师吧。"

约摸有三四回出城没遇见老俞。听旁的车夫说，老俞的小儿子胸口害了外症，他娘听信邻舍妇人家的话，没让老俞知道请医生给开了刀，不上三天就死了。老俞哭得好伤心，哭一阵子跟他老婆拼一阵子命。哭了大半天才想起收拾他儿子，把两口猪卖了买棺材。那两口猪本来打算腊月间卖，有了这本钱，他可以做些小买卖，不再推鸡公车，如今可不成了。

一天，我又坐老俞的车。看他那模

样儿，上下眼皮红红的，似乎喝过几两干酒，颧骨以下的面颊全陷了进去，左边陷进更深，嘴就见得歪了。他改变了往常的习惯，只顾推车，不开口说话，呼呼的喘息声越来越粗，我的胸口也仿佛感到压迫。

"老师，我在这儿想，通常说因果报应，到底有没有？"他终于开口了。

我知道他说这个话的所以然，回答他说有或者没有，同样嫌啰嗦，就含糊其词应接道："有人说有的，我也不大清楚。"

"有的吗？我自己摸摸心，考问自己，没占过人家的便宜，没糟蹋过老天爷生下来的东西,连小鸡儿也没踩死过一只,为什么处罚我这样凶?老师,你看见的,长得结实干得活儿的一个孩儿,一下子没有了!莫非我干了什么恶事,自己不知道。我不知道,可以显个神通告诉我,不能马上处罚我!"

这跟《伯夷列传》里的"天之报施善人其何如哉!""倘所谓天道,是耶非耶?"是同样的调子,我想。我不敢多问,随口说:"你把他埋了?"

"埋了,就在邻舍张家的地里。两口猪,卖了四千元,一千元的地价,三千元的棺材——只是几片薄板,像个火柴盒儿。"

"两口猪才卖得四千元?"

"腊月间卖当然不止,五千六千也卖得。如今是你去央求人家,人家买你的是帮你的忙,还论甚么高啊低的。唉,说不得了,孩子死了,猪也卖了,先前想的只是个梦,往后还是推我的车子——独个儿推车子,推到老,推到死!"

我想起他跟我同岁,甲午生,平头五十,莫说推到死,就是再推上五年六年,未免太困苦了。于是转换话头,问他的大儿子最近有没有信来。

"有,有,前五天接了他的信。我回复他,告诉他弟弟死了。只怕送不到他手里,我寄了航空双挂号。我说如今只剩你一个了,你在外头要格外保重。打国仗的事情要紧,不能叫你回来,将来把东洋鬼子赶了出去,你赶紧就回来。"

"你明白,"我着实有些激动。

"我当然明白。国仗打不赢,谁也没有好日子过,第一要紧是把国仗打赢,旁的都在其次。——他信上说,这回作战,他们一排弟兄,轻机关枪夺了三挺,东洋鬼子活捉了五个,只两个弟兄受了伤,都在腿上,没关系。老师,我那儿子有这么一手,也亏他的。"

他又琐琐碎碎地告诉我他儿子信上其他的话,吃些什么,宿在哪儿,那边的米价多少,老百姓怎么样,上个月抽空儿自己缝了一件小汗褂,鬼子的皮鞋穿上脚不及草鞋轻便,等等。我猜他把那封信总该看了几十遍,每个字都让他嚼得稀烂,消化了。

他似乎暂时忘了他的小儿子。

新年将近,老俞要我替他拟一副春联儿,由他自己去写,贴在门上。他说好几年没贴春联儿了,这会子非要贴它一副,洗刷洗刷晦气。我就给他拟了一副:

有子荷戈庶无愧

为人推毂亦复佳

约略给他解释一下,他自去写了。

有一回我又坐他的车,他提起步子就说:"你老师替我拟的那副春联儿,书塾里老师仔细讲给我听了。好,确实好,切,切得很,就是我要说的话。有个儿子在前方打国仗,总算对得起国家。推鸡公车,气力换饭吃,比哪一行正经行业都不差。老师,你是不是这个意思?"

我回转身子点点头。

"你老师真是摸到了人家心窝里,哈哈!"

1944 年 5 月 22 日作

图书在版编目（CIP）数据

多收了三五斗/叶圣陶著. -- 上海：上海文艺出版社，2021.
（红色经典文艺作品口袋书）
ISBN 978-7-5321-8060-8

Ⅰ.①多… Ⅱ.①叶… Ⅲ.①短篇小说－小说集－中国－当代 Ⅳ.①I247.7
中国版本图书馆CIP数据核字(2021)第146133号

发 行 人：毕　胜
责任编辑：李　霞
封面设计：陈　楠
美术编辑：钱　祯

书　　名：多收了三五斗
作　　者：叶圣陶
出　　版：上海世纪出版集团　上海文艺出版社
地　　址：上海市绍兴路7号　200020
发　　行：上海文艺出版社发行中心
　　　　　上海市绍兴路50号　200020　www.ewen.co
印　　刷：上海盛通时代印刷有限公司
开　　本：787×1092　1/32
印　　张：6.5
插　　页：5
字　　数：50,000
印　　次：2021年8月第1版　2021年8月第1次印刷
Ｉ Ｓ Ｂ Ｎ：978-7-5321-8060-8/Ⅰ·6383
定　　价：38.00元
告 读 者：**如发现本书有质量问题请与印刷厂质量科联系**　T：021-37910000